CHAIR TOMBALE

Philippe Cornet

CHAIR TOMBALE

roman

le
cherche
midi

23, rue du Cherche-Midi, 75006 Paris.

Vous pouvez consulter notre catalogue général et l'annonce
de nos prochaines parutions sur notre site Internet :
cherche-midi.com

À Sébastien, Thomas,
Nicolas et Benjamin.

Le corps est le tombeau de l'âme.

PLATON, *Cratyle*.

I

Je n'avais pas immédiatement remarqué sa présence. Je sortais d'une nuit en pointillé. Depuis bien longtemps mon sommeil se présente et se refuse tour à tour, inconsistant comme le serait une femme aux appas maigrelets. Mes angoisses et mes cauchemars s'étaient disputé les modestes reliefs d'une nuit sans attraits. Les deux comprimés de Morphéline avalés chaque soir avec un demi-verre d'eau, censés me précipiter dans des bras consolants, donnent le signal du départ de cette chamaillerie nocturne répétée.

La lumière matinale la soulignait d'une obliquité insolente. Depuis quand l'avait-on ainsi exposée aux regards inertes des passants anonymes ?

Ce matin-là, il me fallut bousculer mes habitudes pour me rendre à la consultation du professeur de

Baillancourt. Le réveil avait donné le *la* métallique de ce petit empressement. À défaut d'apprécier les réveils, j'avais demandé à ma mère, pour cette circonstance trimestrielle, d'en choisir un à remontoir mécanique. Les appareils à cristaux liquides, insonores et cyclopéens, qui affichent le temps sans fatigue m'inquiètent. J'aime savoir que mon réveil, tout comme moi, s'essouffle. J'imagine même qu'il s'autorise à s'attarder à mesure que son ressort se détend. Vouloir posséder plusieurs de ces machines électroniques, toutes munies d'un rappel à l'heure, tient du non-sens. Pourquoi sacrifier à l'obscure nécessité de synchroniser toutes les pendules, avec l'obligation de tenir compte du délai exact de chacun des déplacements entre l'une et l'autre pour satisfaire cet inepte pari ? Pourquoi caresser le fol espoir d'afficher simultanément la même heure sur l'ensemble des cadrans ? Cette performance métronométrique, d'une précision militaire, se réduit à l'intérêt mort-né de l'avoir réussie. Je me tiens très éloigné de ces tracasseries de chronomètre, mon indolence se satisfait des incertitudes de mon réveil d'un autre âge. Me trouvant en état de survie, je dois avouer que l'usage du temps ne m'importe pas plus que son usure.

Je ne résistais pas à multiplier les allers et retours entre la salle de bains et la fenêtre de la cuisine, d'où je pouvais tout à loisir profiter de sa présence inattendue. Je n'avais pas encore pris conscience du bouleversement qu'elle allait provoquer.

J'occupe cet appartement depuis dix ans. À la fin de mes études de lettres, ma mère s'était mis en tête de garantir l'autonomie de mes vingt-cinq ans. Elle engagea son obstination coutumière dans la quête d'un habitat qu'elle jugeait devoir me convenir. Je n'avais ni le désir ni les motifs de la contredire ; je n'éprouvais aucune réticence à m'isoler ainsi, pas plus que je n'en aurais ressenti si elle m'avait demandé de poursuivre notre cohabitation. Très jeune, j'ai pensé que le sentiment de solitude était sans relation avec le lieu où mon corps se trouvait ; dans tous les cas, ce dernier constitue un embarras.

Les libéralités que mon père consentit à ma mère et le principe de stricte économie qu'elle ne cessa d'observer des années durant contribuèrent à me faire acquérir un trois-pièces sans endettement excessif. Ma mère m'avait vanté sa situation angulaire au cinquième étage d'un immeuble bourgeois. Je trouvais chez elle, pour m'en convaincre, une jubilation de bonimenteur. La situation élevée de ce logement contribuait à renforcer l'idée qu'elle se faisait de notre condition. Elle n'aurait pu imaginer que le bonheur de son fils puisse s'épanouir dans un garni de fond de cour. Un regard plongeant sur la modestie attendue des locataires du rez-de-chaussée devait lui procurer la satisfaction de croire que, malgré nos revers, nous bénéficiions encore de cinq paliers de différence avec ceux d'en bas.

Lorsque le téléphone sonna, j'étais certain que c'était elle.

– Bonjour, maman. – J'ai répondu bonjour, maman parce que je savais que c'était toi. Parce que je sais que tu ne peux t'empêcher de m'appeler chaque fois que je vais voir Baillancourt. – Non, maman, ce n'est pas un reproche. – Non. – Non. – Non, maman, je te dis seulement que c'est ton habitude. – Non, maman, ne t'inquiète pas. – Oui, maman, j'avais mis mon réveil à sonner. De toute façon, je ne dormais plus. – Oui, maman, j'ai demandé aux ambulanciers de venir à neuf heures. Oui, nous serons à l'heure à l'hôpital, maman. Ne t'inquiète pas. – Oui, j'attends Isabelle dans un instant. Elle est toujours ponctuelle, maman, tu le sais.

Je mis fin à notre conversation en lui promettant de lui raconter ce que le médecin m'aurait dit.

La gratification de son appel au matin de chacune des consultations, le rabâchage de ses questions sur ma ponctualité et la qualité de mon organisation me faisaient osciller entre l'agacement et l'exaspération. La sonnette palière me tira de cette réflexion circulaire, depuis longtemps j'ai renoncé, pour ne pas la blesser, à toute querelle avec elle, en conséquence je dois ravaler à mes dépens toutes mes sautes d'humeur.

– Bonjour, Isabelle. J'ai commencé à faire couler l'eau. J'ai aussi sorti les serviettes, avec le shampoing et le savon.

– Merci, vous êtes gentil. J'ai la matinée déjà bien remplie. Merci. Grâce à vous, je ne serai pas en retard.

Isabelle me prodigue ses soins chaque jour depuis deux ans. C'est une infirmière énergique mais sans brusquerie. Elle doit avoir une trentaine d'années, blonde, le regard franc et clair, les cheveux courts et plats, son visage est toujours en mouvement comme s'il ne voulait pas perdre, dans un moment d'inattention, le fil de son expressivité encore juvénile. Plutôt petite, elle est le plus souvent vêtue d'un jean et d'un pull uni qui soulignent avec discrétion la tonicité de son corps. Je m'étonne de l'appeler avec familiarité par son prénom alors que je ne sais rien de sa vie, m'étant gardé de toute intrusion personnelle. L'eussé-je fait que cela m'aurait très vraisemblablement encombré ; le goût des confidences m'est étranger, la vie des autres ne m'est d'aucun secours et de peu d'intérêt.

Je l'invitai à commencer par le dos. Pour ne pas subir l'emprise de la monotonie, nous avions un accord tacite de varier chaque fois le cours de ma toilette. Isabelle entrepris de frotter mon dos avec d'énergiques petits mouvements rotatoires. La giration rapide du gant a eu tôt fait de mettre l'ensemble de mes chairs, du cou jusqu'aux fesses, en vibration cadencée telle une gelée à laquelle on imprimerait des secousses régulières. Comment faisait-elle pour ne pas rire au spectacle de la trémulation ridicule de mon corps ?

Elle s'appliquait au savonnage de mon abdomen et de mes organes génitaux en s'insinuant scrupuleusement dans chacun des plis cutanés successifs depuis l'ombilic jusqu'à la racine de mes cuisses. Je n'ai pas le souvenir d'avoir eu d'érection lors de ces contacts intimes répétés. Si cela avait été le cas, comment Isabelle aurait-elle réagi ? Comment arrivait-elle à distinguer ce qui relève de sa fonction et de son état de femme ? En vérité, je devrais inverser la question et me demander comment je discrimine sa fonction d'infirmière de sa qualité de femme pour que la manipulation de mes organes génitaux ne favorise aucune émotion charnelle. Serait-ce par le jeu espiègle de mon inconscient ?

Nous finissons par le shampoing, l'étroitesse du lieu et mes cent quatre-vingt-trois kilos nous contraignent à des contorsions au-dessus de la baignoire. L'exercice requiert une adaptation permanente des positions relatives que nous devons adopter afin de satisfaire à la réalisation du shampoing. Nous formons un couple monstrueux et drôle, Isabelle est mon poisson-pilote, ses déplacements autour de moi donnent à l'ensemble l'élégance d'un pas de deux, bien que le danseur soit volumineux et quasi immobile.

Je n'ai pas toujours été obèse ou, plus exactement, je n'en ai pas toujours souffert, car les photographies de ma petite enfance témoignent sans complaisance de la précocité de mon embonpoint. Je crois même que mes parents s'ingéniaient à exposer l'enfant joufflu et rempli que j'étais à l'admiration de leurs proches. L'étalage béat de cette boule de chair contribuait, sans équivoque, à les rassurer sur leur capacité à nourrir d'affection le seul enfant que leurs étreintes avaient réussi à produire. J'ai ressenti très jeune que j'étais le rejeton inattendu de leurs rapprochements furtifs, le déchet produit par toute consommation, fût-elle charnelle. L'amour excessif de ma mère à mon endroit témoigne de son incertitude secrète de ne pouvoir aimer. Les manifestations répétées de ce trop d'amour la ramènent à l'absence même du sentiment qu'elle craint de ne pouvoir éprouver ; son excès porte la marque de la peur coupable d'un manque, d'une incapacité inavouable pour une mère.

Dès qu'Isabelle fut partie, je retournai à la fenêtre de la cuisine pour reprendre mon observation. Elle posait à demi nue sur ce panneau publicitaire resté vacant depuis si longtemps que je ne me souvenais plus de la dernière réclame proposée. Je fus surpris par l'occupation inattendue de cet espace borgne et déserté depuis des mois tout autant que par l'offrande apparente de sa nudité. La proximité de l'affiche, distante d'une traversée de rue, la faisait échapper à toutes les normes de dimensions corporelles et, en conséquence, à toute suggestion érotique. Pourquoi avait-on souhaité tapisser ce panneau que je croyais devenu sans intérêt pour l'affichage ?

L'emplacement publicitaire occupait le haut du mur en briques sombres de l'immeuble qui faisait face au mien. Auparavant, la lumière ne semblait jamais devoir s'attarder sur l'uniformité terne du pignon aveugle de la bâtisse. L'absence de fenêtres pour la recevoir l'avait dispensée jusqu'à ce jour de s'y arrêter. Je m'étais habitué au fond neutre de ce mur qui faisait face à la cuisine et au salon. Sans vis-à-vis, à l'abri des regards, j'étais assuré de ma tranquillité. Saisir, par inadvertance, dans l'immeuble d'en face une scène de vie quotidienne familiale ou solitaire aurait créé chez moi un malaise, l'effet possible de miroir sur l'inconsistance de ma vie de reclus soulignerait sa vacuité et générerait une profonde affliction.

Elle posait sur la moitié gauche de l'affiche. Debout de trois quarts face, à peine cambrée, une robe de satin grenat couvrait seulement la partie inférieure de son corps en révélant sa hanche droite qui faisait face, le haut des cuisses restant couvert. La robe semblait glisser comme si la femme devait se trouver dévêtue dans l'instant. Le fond de l'affiche était traité de façon à créer une atmosphère de révélation par un effet de nimbe gris bleuté. Le publicitaire avait certainement voulu que se dégage de l'ensemble une atmosphère mystique ou initiatique. Elle tenait son bras gauche à demi tendu vers le haut et présentait, par l'extrémité de ses doigts, une barre chocolatée qui pendait vers sa bouche. Sa tête brune était relâchée vers l'arrière, ce qui contrastait avec la tenue ferme de son corps ligneux. Ses lèvres entrouvertes comme pour recevoir une offrande annonçaient la satisfaction proche. L'opposition des attitudes corporelles – le relâchement languide du cou et la fermeté du reste du corps – donnait à cet abandon une impression de résistance sur le point d'être vaincue. Tout incitait à fixer son attention sur le double mouvement suggéré de la robe qui glissait le long du corps – à moins que ce ne soit le corps qui l'abandonnait dans un mouvement d'ascension – et la barre chocolatée qui s'approchait de la bouche. Le slogan, *quittez le superflu pour vous consacrer à l'essentiel*, au-dessus du nom du biscuit soulignait le caractère érotico-mystique voulu de la scène. L'emplacement de l'affiche sur le mur d'en face associé à la position de la tête du modèle faisait que son regard plongeait droit dans mon appartement. J'interprétai son intrusion visuelle comme une invite à me désigner comme le témoin passif, voyeur et complaisant de sa satisfaction orale. Cette constatation entraîna une sensation désagréable et je quittai la cuisine.

II

La descente des escaliers fut pénible. Faire supporter la totalité de mon poids sur la jambe d'appui entraînait, pas après pas, une vive douleur dans le genou. Il me fallut subir les cinq étages qui me séparaient du hall de l'immeuble. Heureusement, je trouvai un secours aimable dans le soutien des deux ambulanciers. La seule satisfaction inattendue de l'interminable descente était d'apercevoir, par la fenêtre de chacun des paliers intermédiaires, cette femme affichée. Si l'automne tentait en vain d'accrocher un semblant de chaleur à son corps dénudé, la lumière, quant à elle, s'attardait sur sa peau, ses formes étaient devenues plus expressives avec le soleil montant de la journée.

À mesure que je descendais, je remarquais que l'angle de son regard avait changé, quel que soit l'endroit où je me trouvais, je le sentais toujours posé sur moi. L'expérience relevait de l'absurde : comment une image pouvait-elle être douée d'un tel mouvement oculaire ? En dépit de ma réticence à y croire et de mon handicap, je me hâtai de parcourir la double volée de marches qui me séparait du demi-palier suivant. Je faisais le même constat : son regard semblait s'être infléchi de façon à me fixer au point où je m'étais rendu. Était-ce un artifice diabolique du graphisme pour capter l'attention du passant qui, ayant élevé les yeux vers la femme, subirait alors sa captation hypnotique ? Étais-je la première victime de la manipulation habile de quelque ingénieux publicitaire ?

Je parcourus, au grand soulagement de mes genoux, les derniers pas qui me séparaient de l'ambulance stationnée devant la porte cochère. Dès que je fus sorti, je levai la tête vers le pignon du mur d'en face, mais la perspective restreinte ne me permettait pas de la voir. Il était étonnant d'avoir choisi d'occuper un panneau en retrait, que l'on ne pouvait apercevoir furtivement que le temps de la traversée de la rue, la publicité si experte à s'exposer sans pudeur au plus grand nombre des regards n'a pas vocation à être confidentielle. Pourquoi celle-ci relèverait-elle, contre toute habitude, d'une diffusion d'alcôve ? La totalité de la campagne de promotion de la barre de chocolat aurait-elle été construite sur une espèce d'entraperçu subliminal ? Avait-on préféré utiliser tous les emplacements bon marché pour une campagne décalée et en demi-ombre ? Pourtant, ni le produit ni l'affiche n'avaient un caractère énigmatique, l'annonce était faite de façon claire pour nous inciter à consommer un biscuit, dont l'invite, *quittez le superflu pour vous consacrer à l'essentiel,* me fit sourire, moi qui, à force de me consacrer à l'essentiel, avais su emmagasiner autant de superflu !

Ma réflexion fut rompue par l'un des ambulanciers qui s'inquiéta de l'état douloureux de mes genoux. Depuis que nous roulions vers l'hôpital, les douleurs avaient totalement cessé. Je le remerciais en lui précisant que je ne ressentais plus rien avant qu'il me demande si je prenais des médicaments pour la douleur.

Malgré mon caractère trop souvent irascible, je m'abstins de lui répondre que je n'avais aucune prévenance à l'égard de ma douleur, ce qui me dispensait de l'entretenir avec des médicaments.

Je me contraignis à un effort pour rester civil et lui fis une réponse évasive.

– Vous avez raison, il ne faut pas garder des douleurs inutiles, ça ne sert à rien.

Je pensai que les kilos excédentaires aussi ne servent à rien et pourtant je les garde, alors, à choisir, il ferait mieux de me donner des conseils radicaux pour ceux-là. Je n'avais, de toute façon, aucune intention de parler de mes difficultés et j'aurais préféré un ambulancier sans sollicitude à mon égard ; le fait de m'avoir soutenu dans l'escalier ne le qualifiait pas pour m'entretenir de mon état de santé. Les gens croient qu'ils sont autorisés à entrer chez vous dès l'instant qu'ils ont sonné.

Durant le parcours, je cherchai à l'apercevoir. Malgré la profusion de l'affichage urbain, mon espoir fut vain. Ma quête était absurde. Pourquoi me souciais-je de cette image de femme ?

À l'approche de l'hôpital, l'ambulance dut ralentir, le trafic automobile devint plus dense, nous commencions à progresser par petites bandes d'asphalte rudement conquises aux dépens de notre patience. Une centaine de mètres devant nous un camion benne assurait le ramassage des ordures. Nous devions nous soumettre à cette procession inattendue. Le chauffeur de l'ambulance pesta contre le véhicule perturbateur. J'ai de la sympathie pour les camions d'ordures, ce sont les corbillards des temps modernes, ils contraignent les automobilistes à accompagner lors d'un dernier voyage les déchets refroidis de notre consommation. Chaque jour il se forme dans nos villes un grand nombre de cortèges funéraires de conducteurs bougons rendant un ultime hommage à nos résidus avant leur incinération. Plutôt que de râler contre nos ordures, ils feraient bien de se réjouir de l'heureuse modernité de la tuyauterie collective qui les dispense d'en faire de même pour nos déjections.

L'hôpital occupait la totalité de la partie nord de la grande place du centre-ville. Par ses proportions, il ne cédait rien en majesté à celles du palais de justice lui faisant face, tandis que l'ancien presbytère, qui l'épaulait à gauche, permettait un accès direct à la chapelle située au fond de la cour centrale de l'hôpital. À droite, pour finir de souligner l'harmonie de la place, une double rampe s'évanouissait vers les jardins de la cathédrale. L'ensemble architectural de pierres sombres était la quintessence de ce que les pouvoirs temporel et spirituel s'étaient acharnés à réaliser, au cours des siècles, pour peser d'un joug sans faiblesse sur des générations d'hommes assujettis et tremblants. Aujourd'hui, il reste dans l'austérité hiératique de sa façade toute la condescendance de l'accueil que l'on avait réservé aux malades et aux fous. Deux portes massives de bois d'olive, situées à chacune des extrémités du bâtiment, témoignent encore de la tradition qui voulait que l'une fût réservée à la pitié passive par où devaient pénétrer les malades, l'autre à la pitié active dévolue aux soignants et aux bénévoles de la compassion. Par souci d'égalité et pour ne pas être en reste avec l'Église, la République avait fait percer une porte centrale ostentatoire à fronton soutenu par deux colonnes latérales de style dorique. C'est par cette sorte d'octroi aux soins que l'ambulance pénétra dans l'enceinte du bâtiment pour rejoindre le pavillon des consultations. L'automne avait épargné quelques lambeaux de feuillage flamboyant aux érables planes qui limitaient avec élégance le jardin central. Une multitude de chrysanthèmes, qui fleurissaient l'essentiel du parterre, composaient, dans cette enceinte où la mort est vagabonde, une espèce de Te Deum de couleurs aux locataires du lieu en fin de terme. L'innocente espièglerie des jardiniers me ravit.

La salle d'attente était une vaste pièce rectangulaire divisée en de plus petits espaces matérialisés de façon fonctionnelle par des alignements de chaises reliées les unes aux autres pour former une dizaine de sous-divisions carrées. L'ensemble était égayé de plantes vertes assoiffées et poussiéreuses qui témoignaient que le nettoyage était, depuis très longtemps, l'exclusivité des sols.

Un affichage triste et hétéroclite de paysages montagneux et balnéaires complétait l'atmosphère immuable du lieu, donnant à l'ensemble une ambiance de gare d'après-guerre. Dans notre espace d'attente au mobilier adapté à notre corpulence – nous étions tous de complexion massive –, des centaines de kilos s'étaient rendus là en vue de recueillir les encouragements bienveillants du professeur de Baillancourt. À l'opposé de moi, dans un autre carré, était assis un homme dont l'usure des traits ne me permettait pas de lui donner d'âge. Il somnolait, perdu dans la léthargie de l'attente. Le corps semblait s'enrouler autour d'un point abdominal virtuel, les jambes amaigries dans un pantalon trop large étaient repliées sous le siège. Sa silhouette avait l'apparence d'un C cédille en équilibre sur le bord du fauteuil, comme en état d'apesanteur. Le cou avait perdu tant de substance qu'il paraissait incapable de soutenir longuement la tête. Les cheveux rares et secs, le regard caché sous les orbites osseuses, le teint olivâtre presque cireux témoignaient de la gravité de sa maladie. Je pensais en détaillant cet homme-plume que nous, les gros, n'avons pas su nous plier à la discipline de la privation qui, si l'on en croit ses adeptes, conduit par le jeûne à une sensation délicate et euphorisante. Pour moi la mort avait pris le visage d'un excès de bonne santé, et j'enviai les moribonds et les ascétiques dont la désertion de la chair suscite l'effroi et la fascination.

L'appel de mon nom me fit sortir de mes songeries et réaliser que je m'étais absenté de ma condition de patient dans l'attente de la consultation. Je n'avais pas eu le temps de préparer le début de mon entretien avec le professeur. Je tenais chaque fois à me distinguer en prenant l'initiative du ton qui devait présider à notre échange. Je n'étais pas dupe du caractère puéril de mon attitude, qui n'avait d'autre but que de revendiquer une place à part dans la relation que ce médecin pouvait entretenir avec ses malades. Je le fréquente depuis plus de quinze ans et la solidité de notre lien s'est affirmée au gré des avatars de l'histoire de mon poids. Il est le garde-fou de mes intempérances et j'apprécie sa compréhension pérenne, dont témoigne l'absence de jugement sur mon affligeant renoncement à suivre les conseils qu'il me réitère. Baillancourt est un homme mince, d'une distinction naturelle, ses yeux clairs cerclés par ses lunettes à fine monture ne semblent jamais devoir prendre de repos tant son attention est extrême. Une certaine indolence se détache de lui, ses gestes, empreints de lenteur mais sans cérémonie, soulignent un discours toujours clair délivré d'une voix calme et posée. La soixantaine approchant, il a su garder néanmoins une allure presque juvénile. Il me fit entrer et me salua.

– Installez-vous. Alors ? Comment allez-vous ? Quelles sont les nouvelles depuis les trois derniers mois ?

– J'ai fait des efforts. J'ai maigri. Je crois. Enfin j'espère.

– Avez-vous acheté une balance ?

La pointe d'ironie qui perçait derrière la question ne m'avait pas échappé. Il connaissait mon abjection pour l'exercice des poids et mesures et mon obstination à ne pas acquérir l'engin.

– Non, c'est une impression de ceinture. Un peu comme si ma ceinture me remerciait d'avoir soulagé sa tension.

– Et vous croyez qu'elle vous en est reconnaissante ?

– En quelque sorte, oui. Vous n'imaginez pas à quel point les ceintures des gros sont détournées de leur fonction initiale. Elles ne tiennent plus les pantalons, vous savez. Elles retiennent le trop-plein des ventres.

Je voulais lui parler de l'affiche. Pouvait-il s'intéresser à mon illumination publicitaire insensée ? Quel crédit donnerait-il à mon assertion de me sentir épié par une femme en papier, collée sur le mur qui fait face à ma cuisine ? J'avais conscience de l'étrangeté de la situation mais sa fonction de médecin se prêtait à pouvoir m'entendre, j'y étais décidé. Je repris avec hésitation :

– Aujourd'hui, avant de venir j'ai...

Ma phrase resta une seconde en suspens.

– Je pensais que cela vous ferait plaisir si j'avais perdu quelques kilos.

À peine eus-je dit cela que je mesurais la puérilité de mon propos, en quoi cet amaigrissement aurait-il le don de lui faire plaisir ? J'avais renoncé à l'entretenir de mon étrange rencontre.

– Je crois que le plaisir est d'abord pour vous. Non ?

Il me proposa de me peser.

La balance affichait cent quatre-vingt-cinq kilos ! J'avais encore grossi. Quelle concorde pouvais-je encore proposer à mon corps qu'il ne trahisse aussitôt ?

Depuis deux ans, rares étaient les consultations dont le résultat pondéral constituait un encouragement, la courbe ascendante de mon poids dénonçait l'indigence de ce que j'avais mis en œuvre. Face à ces échecs répétés, je dois avouer que l'affliction profonde et inavouable dont je souffrais contrastait avec l'expression affectée de ma désinvolture pour la chose lorsqu'on m'en entretenait. J'étais davantage touché par mon incapacité navrante à tenir un engagement personnel que par la menace croissante de mon obésité. Mon âme avait des blessures plus sournoises que celles de mon corps. La dérision m'incite à croire que le contrat que j'aurais pu souscrire n'aurait eu que l'intérêt de la satisfaction à le rompre.

Je trouvai Baillancourt perplexe, il marqua un silence, retira ses lunettes et se massa la racine du nez avec le pouce et l'index.

– Puis-je encore vous aider ?

Sa voix trahissait le découragement. Tant d'années de bienveillante attention et de soins réduites à l'impuissance et trahies par cette question. Nous devions être un certain nombre à malmener chaque jour ce à quoi cet homme consacrait son énergie et sa passion. Je l'ai vu dans le même état de lassitude lorsqu'il y a trois ans je devais faire un scanner. Le risque eût été que ma corpulence ne permette pas que j'entre dans la machine, la première partie du corps engagée, ma circonférence abdominale m'eût coincé irrémédiablement dans le tube. J'imagine les efforts nécessaires pour m'extraire après être ainsi inséré tel un tenon dans sa mortaise. Pour éviter le pire, il contacta un centre vétérinaire afin que je bénéficie d'une place habituellement réservée aux animaux de grande taille. Ce jour-là, il m'avait interrogé sur l'indignité que ce transbordement vers un tel centre de diagnostic pouvait représenter pour moi.

Je l'avais senti affecté autant par ce qu'il supposait que je vivrais que par l'impossibilité qu'il avait eu de prévenir l'évolution de la situation.

Le jour venu, je me trouvai dans la salle d'attente. La clientèle habituelle n'ayant aucun besoin de chaise, le personnel m'avait apporté un banc pour l'installer à proximité de deux vaches qui tout comme moi avaient rendez-vous. Je crois que pour la première fois je n'ai suscité aucun étonnement de la part de l'assistance. La quiétude des ruminants me changeait des regards intrigués ou réprobateurs que je surprends de façon si commune lorsque je consulte. Pour l'examen, je crus entrer dans une cathédrale tant était spacieuse la pièce où trônait le tube qui devait m'engloutir ; par égard pour moi on négligea de me sangler avant de me glisser dans le ventre de la machine.

Lorsque je revis Baillancourt, je lui fis part des détails de mon expédition et de la charmante discrétion de mes deux camarades d'infortune. Il fut soulagé de me trouver dans une disposition d'esprit aussi légère et rassuré par le résultat de l'examen. Depuis cette escapade vétérinaire, je ne l'avais jamais trouvé aussi soucieux à mon endroit.

Après la consultation, je me fis accompagner chez ma mère. Une dizaine de minutes suffirent à l'ambulance pour rejoindre le petit immeuble Art déco qu'elle occupait depuis son mariage. Après son veuvage, elle avait choisi de rester avec moi dans l'appartement qui, disait-elle, devait constituer le sanctuaire de ses souvenirs les plus chers. Il est des fidélités admirables dont le coût est minime, ma mère s'était contentée de rester là où mon père l'avait posée.

Il régnait dans l'appartement une atmosphère d'intérieur de comtesse sans le sou. Le mobilier se résumait à de mauvaises copies d'ancien qui donnaient l'apparence de l'aisance joufflue et satisfaite de la bourgeoisie, le tout pour le prix d'une indemnité de chômeur en fin de droits. Ma mère me vantait régulièrement le confort apporté à ses articulations douloureuses par l'installation récente d'un ascenseur. Le choix qu'elle avait fait de mon appartement au cinquième étage n'avait pas été empreint d'autant de sollicitude à l'égard des miennes.

J'avais pris l'habitude d'aller déjeuner chez elle chaque fois que je me rendais en consultation. Elle se faisait une joie de me recevoir, en partie pour combler sa solitude, aggravée depuis mon départ, mais aussi pour m'entretenir des petites affaires du quartier. Peu lui importait l'attention réelle que j'y portais, l'essentiel pour elle tenait à la litanie des souvenirs ponctuée d'anecdotes concernant le voisinage.

À peine avais-je dit bonjour à ma mère que je me dirigeai vers la cuisine. Je nourrissais l'espoir de l'apercevoir sur l'un des panneaux publicitaires visibles de la fenêtre, imaginant que les vis-à-vis de cuisine étaient les lieux désignés pour appeler à la consommation sans retenue de chocolat. Ma mère fut surprise par mon mouvement soudain.

– Qu'est-ce que tu as à te précipiter comme ça dans la cuisine ? Tu as si faim que ça ?

Sa question me désarçonna comme un enfant pris en faute. Je lui fournis une réponse sans consistance.

– Non, non, rien. Je voulais juste vérifier quelque chose.

– Mais vérifier quoi ? Qu'est-ce qui te prend ?

– Rien, rien, je te dis. Je voulais... Je voulais juste voir si on apercevait les tours de l'église de la Sainte-Croix. Tu vois, c'est rien. Voilà. En montant je me posais la question et je voulais vérifier en arrivant. C'est tout.

– Et ça pouvait pas attendre ? Au point que tu oublies même de m'embrasser. Qu'est-ce que c'est que cette nouvelle manie que tu as de t'intéresser à des clochers ?

Sa dernière question n'appelait aucune réponse. Elle avait d'ailleurs tourné les talons avant même de l'avoir terminée. Ce qui ne pouvait que me satisfaire.

Je devais me libérer de cette femme qui m'obsédait depuis le matin. Pour tenter d'échapper au ridicule de ce qui devenait une fixation, je quittai la cuisine pour rejoindre la salle à manger non sans avoir, au préalable, vérifié ce que ma mère avait préparé pour notre repas. Le plat de crudités disposées en rosace témoignait de l'attention qu'elle avait eue pour mes préoccupations de poids. Sur la cuisinière, une cocotte laissait échapper un fumet que je reconnus immédiatement. De nombreuses fois depuis l'enfance ma mère avait cuisiné le ragoût de gésiers de canard pour me faire plaisir. Je ne crois pas en avoir mangé de plus délicieux que celui qu'elle faisait. Son habileté à équilibrer les proportions du vin blanc de Jurançon et de la graisse de canard donnait à son plat une saveur incomparable. Je sais que mon père la complimentait chaque fois qu'elle le préparait, surtout si elle y ajoutait deux pieds de porc blanchis pour assurer le moelleux de la sauce. Ma mère éprouve de la nostalgie à m'entendre vanter, tout comme lui, la qualité de sa cuisine ; je prolonge paisiblement ses souvenirs d'une famille trop rapidement brisée. J'imaginais avec difficulté que ce visage chiffonné, couronné de gris, ces mains tavelées, ce dos fléchi et douloureux, cette femme, hier flamboyante, ait pu exulter pour cet homme qui fut mon père. Combien de fois s'était-elle apprêtée avec l'espoir d'un enlacement passionné pour finir par se satisfaire d'un baiser bref, le soir où il rentrait fatigué de ses pérégrinations professionnelles ? Combien de fois s'était-elle consolée de cette frustration amoureuse par le plaisir qu'elle ressentait à le voir se régaler du ragoût de gésiers ? Était-ce lui, la lassitude aidant, ou bien elle, trop ménagère, qui avait cédé à l'aboulie de la chair ?

Le déjeuner se déroula dans son insignifiance coutumière faite d'une accumulation de perfidies de voisinage, d'histoires rapiécées à force d'être ressassées, autant de petits pas vers la marcescence de l'esprit.

–Je te remets un morceau de tarte ?

La question de ma mère tenait plus de l'affirmation. Je tentais de résister.

– Non, maman, merci. Pas après le ragoût, ce n'est pas raisonnable.

– Mais ça ne peut pas te faire de mal. C'est moi qui l'ai faite.

– Je sais, maman, mais il faut que je fasse attention à mon poids.

– Mais c'est quand même pour toi que je l'ai faite.

Peu lui importaient les résolutions que j'avais prises à la sortie de la consultation et dont nous avions parlé au cours du repas. La contradiction entre les reproches de ma mère concernant mon obésité et ses prévenances nourricières assassines constituait un piège qu'elle me tendait chaque fois que je me rendais chez elle. À ce propos, Baillancourt m'avait encouragé à cesser le rituel du repas en m'incitant à partager d'autres moments avec elle, sans enjeu de nourriture. Elle avait toujours refusé mes invitations au théâtre ou au concert, bien qu'elle dise les apprécier l'un et l'autre. Je savais, par ailleurs, qu'elle s'y rendait avec une des rares amies qu'elle s'était faite dans son immeuble et avec laquelle elle pouvait épancher l'acrimonie accumulée contre la copropriété. Je me trouvais réduit à choisir entre la blesser, par un refus, pour le seul motif de satisfaction qu'elle ne manquait pas de revendiquer, me nourrir, ou bien, en acceptant, me déconsidérer en brisant le peu d'estime que j'avais de moi quant à ma capacité à contrôler mes abus alimentaires. Je cédai à la première instance et finis le dernier morceau de tarte, mais à contrecœur.

J'avais le temps, il me restait une heure avant que les ambulanciers viennent me chercher. Une irrépressible envie de dormir me gagnait après chaque repas, je partis dans mon ancienne chambre faire la sieste. Aucune satisfaction particulière ne m'envahissait lorsque je reprenais possession de cet espace qui fut le mien durant de si nombreuses années ; le mobilier des années cinquante, le rangement soigneux, l'éclairage insuffisant, l'accumulation méticuleuse de bibelots hétéroclites témoins de mes engouements successifs, que j'avais jugés en leur temps essentiels à l'équilibre de ma vie, trahissaient ce que j'avais été : un enfant sage traversant une époque sans en avoir éprouvé les tumultes. J'incarne l'évolution fâcheuse des enfants trop bien peignés, aux genoux sans couronnes faute d'avoir eu l'autorisation de courir – je crois que l'exercice et le jeu m'auraient protégé de l'obésité –, aux socquettes et chemise blanches dominicales, à la voix sans colère, qui font le lit des êtres dociles dépourvus de révolte parce que dénués de volonté propre. J'étais l'incarnation complaisante du conformisme de mes parents.

La journée avait été harassante au point que je n'avais pas eu le courage de me préparer un dîner ; le livreur de pizza avait clos le festival alimentaire du déjeuner avec deux pizzas très généreusement nappées de fromage fondu. Le repas maternel avait mis à mal mes résolutions de restriction d'assiette et je pouvais bien les remettre au lendemain. Après le dîner vite expédié, je renonçais, contrairement à l'habitude, à m'installer à mon bureau. J'effectue régulièrement des travaux de thèses et de mémoires depuis ma mise en invalidité par l'Éducation nationale. Mes proportions étaient devenues dissuasives, et incompatibles avec les déplacements inhérents à ma fonction et aux trajets entre mon domicile et l'établissement où j'exerçais. Je n'éprouve aucune rancœur à l'encontre de ma hiérarchie qui m'a suggéré ce départ feutré. J'avoue ne jamais avoir cru pouvoir transmettre une miette de savoir à des élèves sans appétit. L'exercice professoral me donnait l'impression d'être un de ces visiteurs de malades qui gaverait un moribond cachectique dont on mesurerait, les jours suivants, le bénéfice de cette bénévolence nourricière à la restitution de quelques crottes, petites et sèches, témoins que l'essentiel a été absorbé.

Outre ces travaux à façon pour des thésards, je suis sollicité par des maisons d'édition pour sélectionner des manuscrits, dont la plupart constitueront la nourriture quotidienne de la déchiqueteuse. Ironie du sort, le dernier que l'on m'avait confié décrivait avec une complaisance écœurante les affres de la vie d'un obèse ; j'ai pu convaincre une maison d'édition importante, par souci d'éviter les plaisanteries épaisses, de ne pas publier un livre sur un *gros* intitulé *Grosso modo.*

Seul le réverbère voisin lui assurait encore une silhouette distincte, le visage faiblement éclairé par le dessous prenait des allures inquiétantes, les mêmes qui, lorsque enfant nous fixions une lampe de poche à la pointe du menton, dessinaient exagérément nos traits qui, bien qu'impubères, nous apparaissaient diaboliques. La lumière faisait défaut mais le regard était encore nettement perceptible et continuait à me fixer. Je devais rompre avec l'attirance inquiète qui m'amenait à me planter inlassablement devant la fenêtre de la cuisine et me libérer de cette tentation de scrutateur dont l'objet même de l'attention restait une énigme. En dépit de mon analyse, je pressentais que je n'avais rien à attendre d'un affrontement entre la force puissante et incontrôlable qui m'attirait à la fenêtre et les constructions de la raison et de la volonté qui m'incitaient à y renoncer. Je songeai à Oscar Wilde, qui affirmait que le meilleur moyen de se libérer de la tentation est d'y céder. En la circonstance, je trouvais cette assertion suffisamment commode pour la faire mienne, et je renonçai à en critiquer la pertinence. Dès cet instant, je m'abandonnai à la contemplation de ma voisine d'en face. Pour doubler la possibilité que j'en aurais, j'ouvris les volets de mon bureau, que je tenais le plus souvent fermés ; j'aimais travailler dans un espace confiné avec, comme seul éclairage, une lampe de bureau qui me venait de mon père. À ce sujet, je suppose que ma mère trouvait dans cet article de catalogue d'après-guerre toute la trivialité des objets qui constituaient le décor des gratte-papier des ministères. Si cela n'avait pas été le cas, elle aurait soigneusement consigné la lampe au bénéfice de l'inventaire de mon héritage, se réservant l'usufruit de ce souvenir paternel en affirmant que je n'avais aucun usage de cette babiole dont elle aurait eu l'exclusivité de la valeur sentimentale.

Je passai une bonne partie de la nuit à aménager mon bureau de telle façon que je puisse la voir depuis ma table de travail, je jugeais plus confortable d'entamer assis ce tête-à-tête avec elle plutôt que de me rendre dans la cuisine où la station debout aggravait mes douleurs aux genoux. Je fis glisser mon bureau de telle sorte qu'il occupât le centre de la pièce, dégageant ainsi les abords, je reléguai au fond, dans un coin aveugle, les livres et documents qui l'encombraient. Enfin je disposai ma lampe au coin de la table afin de ne pas l'interposer entre elle et moi. La transpiration abondante et l'essoufflement me contraignirent à de nombreuses pauses, en particulier lors du transfert d'une bonne partie des livres qui empêchaient l'ouverture de la fenêtre qui lui faisait face. Je mis plusieurs heures à réaliser ce que je souhaitais. Au mépris de la raison, c'est cette nuit-là que je pris la décision de lui écrire une première lettre dès le lendemain.

Avant d'aller me coucher, je testai ma nouvelle installation : lumières éteintes, calé dans mon fauteuil de cuir sans accoudoirs – mon fessier étant un contenu trop volumineux pour le contenant d'un fauteuil fermé –, les mains croisées sur mon ventre, je pouvais consacrer un moment quiet à la satisfaction d'accrocher son regard. Je restai ainsi une bonne heure, immobile, à l'image d'un policier trop patient dans l'attente des aveux du prévenu qui lui fait face, le silence comme seul environnement de leur bras de fer. À l'approche du petit matin, je décidai d'aller me coucher. Je branchai la machine qui m'aide à maintenir une bonne oxygénation durant mon sommeil – je souffre d'un syndrome d'apnée du sommeil –, j'avalai par habitude deux comprimés de Morphéline et attendis leur effet.

III

L'ENTAME D'UNE LETTRE n'est pas chose aisée, d'autant qu'il s'agit de la première et qu'elle s'adresse à une femme inconnue dont on ne possède que la photo grandeur plus que nature. Les premiers mots me font défaut, puis-je user d'une formule de convenance ? « Madame »... à supposer qu'elle fût mariée – la probabilité qu'elle le soit est faible, les mannequins sont, le plus souvent, très jeunes et on ne leur prête guère la réputation d'avoir un goût précoce pour la pantoufle sentimentale –, « Mademoiselle » conviendrait davantage si j'optais pour un en-tête conventionnel mais trop impersonnel pour cette circonstance. Je n'arrivais pas à trouver ce qui me permettrait d'exprimer la proximité troublante de son être et l'étonnement du vis-à-vis brutal auquel j'avais été confronté la veille au matin. Comment expliquer le besoin irrépressible mais injustifiable de lui écrire ?

Très jeune, j'éprouvais de la confusion à m'adresser aux femmes, même les amies de ma mère me rendaient gauche, surtout si elles surprenaient, au milieu de mes propos mal assurés, mon œil qui s'attardait et glissait, volontairement absent, sur l'un des attraits de leur féminité. Chacune de ces courbes portait l'espérance d'une révélation mêlée de transgression. Je suppose que tous les adolescents redoutent de sentir monter en parallèle l'émergence du désir et la peur d'en être fustigés par quelque remontrance sournoisement allusive et faussement outrée. Le mystère de cette attraction tenait à l'envie que je nourrissais de quitter l'enfance, par la seule vertu de l'attention que l'on porterait à l'impertinence de mon regard, pour l'état plus enviable d'une masculinité reconnue et pourquoi pas convoitée. Je trouvais, dans le chahut des sens, matière à me consoler des rougeurs de front et des petites vexations que ces dames ne manquaient pas de m'infliger par leurs remarques piquantes sur ce qu'elles jugeaient être une délicieuse effronterie. Je les soupçonne d'avoir mis un brin de coquetterie amusée à me voir, la pointe des oreilles en feu, disparaître précipitamment dans ma chambre, celle précisément où je trouve aujourd'hui refuge pour mes siestes digestives. À l'époque, je ne mesurais pas ce qui, de mon jeune âge ou de mon obésité, présidait à ce repli en catastrophe afin d'éteindre le sentiment désespéré de honte qui m'habitait. Étais-je déjà dans la certitude douloureuse du peu d'attirance que je suscitais du fait même de l'incapacité que j'avais eue à ne pas savoir contenir les excès de ma chair ? À table, j'étais source de plaisanteries sur l'incongruité même de m'y trouver, puisque l'on dissertait à n'en plus finir sur ma capacité supposée à profiter de peu sinon de rien ; en conséquence, je pouvais jeûner alors que les autres profitaient en toute liberté des bienfaits du repas. Je n'osais pas demander à me resservir, et je quittais bien souvent la table en ayant encore faim. Qui aurait imaginé que la boule que j'étais aurait aimé se satisfaire à l'exemple des enfants de son âge ? En société, mes parents n'hésitaient pas à me morigéner sur le contenu de mon assiette lorsque la tablée s'inquiétait perfidement : « Ton fils n'aurait-il pas grossi depuis la dernière fois ? » La fierté qui les habitait du temps de ma petite enfance d'avoir su me nourrir à souhait se transformait en une réprobation sourde en constatant que j'avais, de façon indécente puisque cela suscitait des réflexions, outrepassé les limites de la retenue. J'étais une digue rompue dans l'incapacité de contenir le flot inondant d'une graisse dont je ne croyais pas qu'elle m'appartienne. Je me trouvais très jeune relégué dans la catégorie des êtres censés ne jouir que du profit. Je mesure aujourd'hui que mes parents m'assimilaient aux agioteurs présumés mettre à mal, par leur concupiscent entassement, l'équilibre économique de leur France nationale.

Pouvais-je m'exposer dans ce dénuement, avec comme seule richesse un trop-plein dont on rit ? Pouvais-je m'adresser sans gêne à cette femme qui incarne l'idéal corporel d'une société avide de minceur ?

Je dissipai mes derniers scrupules, je pouvais risquer l'absence de réponse et je me mis à écrire.

Mademoiselle,

La surprise légitime que je crains de susciter par cette lettre – au pire un mouvement de rejet – ne m'encourage pas à vous entretenir du trouble qui me gagne depuis que vous êtes devenue, par le fait du hasard ou d'une providence, ma voisine d'en face. Je dois vous avouer que j'ai hésité à vous témoigner l'intérêt que j'ai de votre proximité. L'insistance de votre regard à accompagner ma descente maladroite, et peut-être ridicule, vers la rue m'a encouragé dans ma résolution à ne pas tenir compte des scrupules qui me dictaient de renoncer à mon projet. Je dois vous confesser que j'ai réorganisé mon bureau de telle sorte que je puisse non seulement vous écrire dans un confort jusque-là négligé mais aussi le faire sous l'empire de votre présence. Je me trouve dans l'incapacité d'en dire davantage au-delà de l'aveu que je vous fais de ce désir. J'imagine pouvoir poursuivre, les jours à venir, ce que je considère être encore ce matin une impudeur. Depuis des mois, ma parole devenait si parcimonieuse que je redoutais de plus en plus de l'engager avec quiconque, m'eût-il témoigné de la sollicitude. Par cette lettre, je suis en passe de soustraire une part de moi-même – celle jugée la plus secrète – pour la confier à l'attention tolérante d'un autre, ou de façon plus exacte : d'une autre. Je serai attentif à l'évolution de votre regard, lui seul a le pouvoir de m'encourager ou me détourner de l'entreprise de vous écrire. Un signe favorable de vous me confortera dans cette audace.

Votre voisin de l'autre côté de la rue.

Aimé

J'ai relu brièvement ma lettre, il n'y avait pas lieu d'hésiter, la nécessité inexplicable de l'écrire s'était imposée sans pudeur. Le problème qui se posait maintenant était de déterminer l'adresse à laquelle je pouvais l'envoyer. J'ignorais tout de cette femme, les seuls éléments dont je disposais étaient le nom de la firme commanditaire de la campagne publicitaire, celui de l'agence sollicitée – il figurait en petits caractères à la lisière de l'image – et le logo de l'afficheur. Toutefois, ces informations étaient suffisantes pour espérer que ma première lettre puisse parvenir à son destinataire. Je me trouvai conforté dans ma démarche et il me restait une bonne partie de la journée pour résoudre ma première difficulté. Je me décidai à téléphoner à l'agence de publicité supposée être à l'origine du recrutement des mannequins.

– Bonjour madame, vous êtes bien l'agence Utopia Project ? – Bien. Je voudrais avoir un renseignement, je vous prie, à propos d'une affiche que vous venez de créer. – Oui, dernièrement. – Oui, je voudrais. – Pardon, comment dire ça ? Ce serait peut-être plus simple si vous me passiez la personne responsable de la campagne. – Quelle campagne ?

Ah oui, bien sûr. Celle pour les barres de chocolat, vous voyez, celle avec la. – Oui, bien sûr, je patiente.

Mon interlocutrice avait hésité un instant, face à la maladresse de mes explications confuses, mais après un court silence, elle me mit finalement en attente. Je dus alors subir un petit intermède aigrelet d'un méchant enregistrement du mouvement *tempo impetuoso* de *L'Été* des *Quatre Saisons* de Vivaldi. Il fit croître mon irritation ; rien de plus agaçant que la politique d'adoucissement des mœurs par la musique téléphonique, j'en jalouserais les malentendants. Il n'est pas un lieu, pas un instant qui ne soient nappés de ce bruit de fond dégoulinant qui s'insinue dans les conversations, encombre les restaurants, les supermarchés, les aéroports, les toilettes des hôtels chic, jusqu'aux couloirs des unités de soins palliatifs pour colmater le moindre interstice de silence.

La conversation reprit avec le responsable de la campagne publicitaire, homme éminemment affable, rodé à la communication. Je l'imagine col ouvert, cravate relâchée, veston endossant l'arrière de son siège de cuir, les bras de chemise roulés sur les avant-bras afin de se donner une aisance contenue pour le travail de bureau. Manches et vestons reprendraient immédiatement leur place pour une réunion ou un rendez-vous professionnels. Peut-être étais-je victime d'un préjugé sur la théâtralité obligée que l'on se doit d'adopter pour vendre de l'éphémère. J'exposai au mieux le motif de mon appel, conscient que ma tâche de persuasion relevait de l'impossible : comment pouvait-il considérer ma requête avec sérieux et lui donner suite en s'engageant au minimum à transmettre mon courrier, ou mieux de me communiquer l'adresse de l'agent de ce mannequin ? Rien n'y fit, je n'arrivai pas à le convaincre de l'innocence de mon propos. Je n'avais aucun regret car il m'eût répugné d'user d'un subterfuge grossier pour lui arracher un élément susceptible de me faire progresser dans mon enquête, comme celui de me faire passer pour un commanditaire potentiel ou une autre agence de communication intéressée par le mannequin en question. Les arrangements de cette nature me sont étrangers. Quoi qu'il m'en coûtât je souhaitais me comporter avec droiture et sincérité. Je raccrochai, découragé de ne pas avoir été entendu et compris ; je n'avais guère d'espoir d'aboutir auprès de l'entreprise ou de l'afficheur. La consultation sur Internet des sites des agences de publicité me permettrait peut-être de la trouver, je décidai de m'y employer après le passage d'Isabelle.

Ce matin, Isabelle avait mis du gel sur ses cheveux de telle manière que des petites mèches se dressaient en quinconce sur sa tête, un discret maquillage des yeux et un blush sur les joues, un pull rouge et un jean finissaient de lui donner un charme naturel et mutin. J'oubliai dans l'instant la désillusion de ma conversation téléphonique.

– Vous passez bien tard ce matin.

– Oui, j'ai été retardée par une dame âgée. À cause de son chat. Il est mort hier. Je l'ai réconfortée. Nous avons parlé de nos solitudes à toutes les deux.

En écoutant Isabelle, je pris conscience que je n'avais même pas un chat pour partager ma solitude.

– Pourquoi vous dites « nos solitudes » ?

Isabelle ne répondit pas immédiatement, elle fixait le plancher à l'aplomb de ses jambes. Elle respira profondément, leva son visage et me dit d'une voix éteinte :

– Vous savez, nous occupons une partie de notre temps à nous entretenir avec des êtres qui nous habitent et parfois nous ravagent. Il en est ainsi du sort de nos morts. Aimé, je vous ai dit que j'ai perdu un enfant ?

Isabelle m'apparaissait pour la première fois comme un être souffrant, avec une plaie cachée tenue secrète. Après un court silence, indifférente à ma gaucherie, elle reprit :

– Vous comprenez, Aimé ? Les morts n'existent qu'au travers des êtres qui les portent en eux. C'est une sorte de gestation sans naissance.

J'hésitai un instant.

– Si je comprends bien, leur mort est, de façon paradoxale, le moment de la conception. Un jeu contraire à la raison où l'apaisement de la déchirure vient précisément de l'évocation de cette séparation.

Isabelle pleurait avec de petits sanglots rentrés. J'aurais voulu la toucher, mais je me trouvai dans l'incapacité de le faire, ma main resta en suspens au-dessus de son épaule. J'éprouvais une immense timidité, j'étais un lourdaud désemparé. Je finis par proposer à Isabelle de lui préparer un thé ou un café.

– Non merci. Excusez-moi, je suis idiote.

Elle marqua un temps, absente, respira longuement puis enchaîna :

– Bon. Occupons-nous de vous, maintenant !

Elle reprit son sang-froid pendant qu'elle ouvrait sa sacoche, la fouilla machinalement sans rien en extraire. Elle la referma avec précaution, la lenteur de ses gestes lui permettait, sans doute, de voler encore un brin au temps, et Isabelle commença ma toilette. Une bonne partie du rituel matinal se déroula dans un silence sans pesanteur. Notre ballet muet revêtait un caractère presque excessif, tant l'intensité, le détachement mécanique des gestes permettaient aux seuls corps d'occuper toute la scène. Lointaine, elle devait être en voyage avec ses âmes aimées, quant à moi je nous observais à la dérobée dans la glace de la salle de bains qui dans une partie de cache-cache me libérait l'image ou l'occultait au rythme des passages d'Isabelle dans mon champ de vision. À ce jeu du sémaphore, j'en oubliai la réalité crue de la scène de ma toilette, du gant, du savon glissant, des trémulations ridicules et dégoûtantes de mes plis, de l'impossibilité que j'avais à soutenir l'image de mon corps nu.

– Isabelle ?

– Oui, Aimé ?

– Si vous deviez écrire à quelqu'un dont vous ignorez l'adresse, vous feriez quoi des lettres ?

– Je ne sais pas. Je crois que je les garderais. Je les garderais jusqu'au moment où j'aurais l'adresse de cette personne. Je pense même que je les mettrais dans un lieu où je ne serais pas tentée de les reprendre.

– Pourquoi ?

– Pour ne pas les corriger ou les déchirer.

Isabelle ne semblait pas troublée par ma question tant elle fut prompte à me répondre. J'étais quelque peu dérouté de la spontanéité de cette petite femme. Je retrouvais dans l'instant l'énergie, la détermination dont je la gratifiais si volontiers lorsque j'y pensais. Quel contraste entre ses larmes si proches de mère abandonnée et la pertinence lucide et pleine d'avenir de sa suggestion ! Bien sûr qu'il me fallait ne pas renoncer à écrire, mettre en attente ma correspondance jusqu'à trouver le moyen de la transmettre.

– Vous avez raison, Isabelle. Merci. Je crois aussi que c'est ça qu'il faut faire. Vous avez raison.

Elle eut la discrétion de ne pas me demander d'explication sur l'origine de ma question. Lorsqu'elle fut partie, j'eus hâte de retrouver la fenêtre de la cuisine. Ce matin encore, une lumière caressante rehaussait de façon subtile les harmonies de son corps demi-nu, le grain de peau s'en trouvait exacerbé jusqu'à la palpitation, grain mûr, turgescent, à la limite de son éclatement. Le regard, son regard, happa le mien. Immobile, je me résignais, comme par le maléfice d'un taxidermiste, à subir l'étrange fascination de son être. J'ignore combien de temps je restai ainsi, appuyé contre le dormant de ma fenêtre, loin de mes douleurs de genou, face à elle, sans affrontement mais sans possibilité de m'affranchir de la soumission qu'elle m'imposait.

IV

Les douze coups du bourdon du couvent de l'église Sainte-Marie brisèrent net ma songerie. Le son de la cloche déferlait avec une folle énergie dans la petite rue qui constitue le paysage familier depuis le bureau et la cuisine. L'étroitesse du lieu et les façades lisses lui permettaient d'en prendre possession sans rival. Ce rappel sourd et puissant à la temporalité me transporta près de trente ans en arrière dans la cour de récréation où enfant je savais si bien m'éclipser le temps des jeux que je ne partageais pas. La sonnerie stridente, qui marquait la fin brutale des bousculades de mes camarades de classe, venait soulager la demi-heure que je remplissais tant bien que mal par des échappatoires qui justifiaient mon repli vers le porche ou le préau. Le prétexte d'une fatigue, d'un pied douloureux, d'un cahier à relire me permettait de ne pas me mêler aux joutes bruyantes et agitées des autres enfants. Je ne crois pas en avoir été délibérément exclu, mais j'avais pris l'habitude d'anticiper, sans pouvoir les préciser, les embarras de ce que je commençais à percevoir comme mon anormalité. La conscience de ma différence ne pouvait pas encore s'exprimer par des mots, elle se résumait à une intuition, celle de ne pas avoir de place pour en prendre trop. C'est beaucoup plus tard que je mesurerais la désespérante ambiguïté et la duperie de l'échange entre l'autre monde et le mien : la norme fascine les gros mais la norme, quant à elle, fuit l'énorme. Elle le fuit de peur d'y ressembler pour n'avoir pas su se tenir dans l'absolue maîtrise de soi. C'est du trop que surgit l'effroi.

Matin, midi et soir l'aventure recommence, implacable, sans aucune pause, sans ménagement : je dois manger. Et pour cela je dois me faire à manger. Je n'en ai pas le goût, seule la nécessité s'impose dans un rituel duquel ne surgit nulle rédemption, nulle métaphysique, nulle espérance d'avenir. Je dois me soumettre à la rigueur d'une méthode : anticiper, calculer, mesurer, peser, prévoir.

Toute insurrection exalte ma liberté et dans un même mouvement me fait chuter de l'endroit que j'occupe, celui de l'engagement que j'ai souscrit avec moi-même de me contraindre à la discipline de l'assiette pour ne plus grossir. Ma révolte ne s'accomplit qu'en me nuisant !

J'ai commencé à manger, manger plus, manger encore, un jour d'enfance où j'ai réalisé que la vie me tournait le dos, précisément le jour où mon père a décidé de tourner le dos à la sienne.

Je préparai sans joie une salade de tomates avec deux cuillerées à café d'huile d'olive et de vinaigre balsamique, quelques morceaux de tige d'oignon blanc, trois feuilles de basilic, une pincée de sel et un tour de moulin de poivre gris. Pour le plat principal, je pensais finir le peu de riz blanc que ma femme de ménage avait fait cuire l'avant-veille. Cette femme-ombre glisse deux fois par semaine dans mon appartement – elle a la grâce aérienne des dessins de Folon – sans bruit autre que celui de l'attirail de chasse-poussière. Je lui sais gré d'en user avec justesse, sans excès sonore de seau, de balai ou d'aspirateur. Pour me faciliter la vie, elle assure mes achats de nourriture à partir de la liste que je lui dresse chaque semaine. Elle s'y réfère scrupuleusement sans jamais y apporter la moindre fantaisie. Ma nourriture est sans surprise, planifiée, répétée d'une semaine sur l'autre.

Pour ce repas, je pris la précaution de tirer légèrement la table de la cuisine afin de me soustraire au regard de ma voisine d'en face pour lui épargner le spectacle de ma gymnastique masticatoire. L'exercice consiste à ne pas enfourner précipitamment la nourriture, mais à consacrer à chaque bouchée un temps suffisant, comme pour lui laisser croire que le plongeon brutal dans mon œsophage est peut-être évitable. Il s'avère qu'en dehors d'une régurgitation accidentelle qui les sauverait, les bouchées, une à une, finissent par dévaler sèchement le chemin qui mène à mon estomac.

Le fondant au chocolat me procure davantage de plaisir que les plats précédents, son onctuosité, l'impression qu'il remplit plus que le contenant de ma bouche, est un plaisir nu. Son glissement sans heurt vers la base de ma langue confère à l'instant une suavité sans partage, mon plaisir est à son comble. Je bénis Olga qui est une perle pour se préoccuper à ce point du contentement de mes sens. Elle a la sollicitude des marraines de poilus qui adressaient des colis à leur protégé. Sans que je le lui demande elle apporte régulièrement des pâtisseries qu'elle dépose sur un coin de la table de cuisine en disant : « J'ai pensé que ça vous ferait plaisir. C'est pas grand-chose, mais ça améliore l'ordinaire. »

Les remerciements que je lui adresse sont empreints de détachement pour ne pas trahir ce qui provoque, à cette occasion, un trépignement infantile à se satisfaire dans l'instant. Va-t-elle, aujourd'hui, me déposer une part de douceur espérée mais redoutée ? L'oublie-t-elle que je suis délivré de la culpabilité d'y succomber mais déçu de ne pas l'avoir dégustée. Parfois je repousse l'échéance de cet enfournement coupable à l'heure du goûter. Dix-sept heures est l'ultime rempart que je peux opposer à ma volonté, tout craque, les digues de mes résolutions se réduisent à de petits reliefs dérisoires très vite submergés par le tumulte de mon envie : j'engloutis ! J'engloutis ! J'engloutis encore et sombre dans le même instant.

Après la sieste, je tentai vainement de joindre une personne susceptible de me renseigner sur l'identité du modèle. Ma quête ne pouvait pas aboutir, la protection légitime des personnes rendait ma démarche illusoire. Il me fallait y renoncer temporairement jusqu'à bénéficier d'une opportunité, et m'en remettre au hasard.

Je repensai à la proposition d'Isabelle de conserver les lettres par-devers moi, dussé-je me priver ainsi du plaisir d'un échange avec leur lectrice. Cette disposition conservatoire ne me satisfaisait pas pleinement car elle donnait à l'entreprise la possibilité d'y renoncer. Il me vint à l'esprit que je pourrais adresser ma lettre poste restante afin de jouir du plaisir de la cacheter en faisant glisser l'extrémité de ma langue sur la gomme adhésive de l'enveloppe, de sceller celle-ci avant de la confier à ma femme de ménage pour qu'elle l'expédie. Je perdrais toute possibilité de revenir sur le contenu, de la relire, voire de la détruire, elle prendrait vie au moment où elle quitterait ma main. Cette solution me convint à défaut d'un circuit plus direct, je fermai ma première lettre et la mis en attente de la prochaine matinée de ménage.

Après un dîner sans âme, je m'installai à mon bureau dans l'obscurité. J'envisageais de rester planté face à elle comme je l'avais fait au cours de la matinée. Peu m'importait que le sommeil me saisisse dans cette garde extatique, contemplative, sans autre objet que de la fixer, la fixer aussi longtemps que mes paupières le toléreraient, aussi longtemps que mes somnolences m'ignoreraient ; qu'avait-elle, au-delà de l'apparence qui me fascine, pour subvertir si totalement ma pensée ?

Les lumières de la ville mêlées les unes aux autres s'insinuaient dans la rue étroite pour diffuser sur l'affiche une clarté spectrale. Les artifices de l'éclairage public d'une froideur lunaire accentuaient à l'extrême la lactescence de son teint. Au rythme du passage des automobiles un surcroît de lumière balayait crûment son corps demi-nu. Il émanait d'elle une détresse surprenante. Alors qu'au matin elle triomphait, offerte et languide, la nuit la faisait ressembler à une pietà à l'acmé de la douleur d'une mère endeuillée.

Je restai ainsi une heure, peut-être deux, en sentinelle, plongeant mes yeux dans les siens, dans l'attente d'une révélation qui guiderait mon initiative épistolaire. Elle devait bien porter en elle un message à mon endroit auquel je puisse répondre, sinon quel sens donner à son accompagnement insistant et silencieux de la veille lorsque je subissais mon chemin de croix en descendant les escaliers ? Elle aurait pu ne rien manifester, rester l'objet publicitaire auquel on la destinait, vidée de la substance de son être, pour se réduire à son image, pire encore, à une image puisqu'elle ne s'appartenait plus dès lors qu'elle était exposée. Pourtant, elle avait quitté la réserve qui lui était assignée pour manifester, de façon étrange, un intérêt dont je n'osais plus espérer qu'il pût exister tant je m'étais résigné à occuper une place à l'orée du monde. Quel message inespéré devais-je lire ? La solitude nocturne entretint une jubilation que je croyais perdue, portant à l'incandescence le trouble qu'elle suscitait et confiant aux abîmes l'espace physique qui me séparait d'elle :

Tout le monde dort
Rien entre
La lune et moi

Seifujo

La nuit devait bientôt finir sa course, le balayage des phares de voiture avait perdu son souffle et venait rarement recouvrir, en une caresse livide, presque molle, les courbes triomphantes d'une femme sans fatigue. Je décidai de dormir un peu avant de lui écrire ; Isabelle m'avait averti qu'elle passerait tard dans la matinée. Je regagnai ma chambre, m'allongeai sur le lit sans prendre soin de me déshabiller, fixai le masque du respirateur sur mon nez et ma bouche, prenant l'apparence de l'éléphant débonnaire qui, avec sa femme Céleste, rendit si souvent visite à mon enfance. Le sommeil me prit sans préliminaire dans un long soupir satisfait.

Quelques heures suffirent à mon repos, la hâte d'écrire m'avait fait passer sur les engourdissements que procurent les nuits trop courtes. La lune avait cédé sans combattre le terrain à la lumière crue du jour naissant qui, insidieuse et inéluctable, reprend sa vigueur sans ménagement pour la pâleur asthénique de celle qui l'a précédée. Mon petit déjeuner se résuma à un café serré à la façon italienne et deux tranches grillées de pain aux céréales molletonnées de confiture – ma mère insiste beaucoup sur le caractère sainement nutritif de ce type de pain –, le verre de jus de fruit comme point d'orgue à la cérémonie ; l'exemplarité de mes choix aurait satisfait le professeur de Baillancourt. Afin de soulager le travail de ma femme de ménage, je pris encore un peu de temps pour ranger la cuisine, je crois plutôt que c'était une manière de retarder l'échéance de lui écrire.

Mademoiselle,

Malgré les tentatives pour me convaincre de renoncer à vous écrire, je dois vous avouer que le déploiement tonitruant de fanfare constituée d'une foule d'arguments, plus braillards les uns que les autres, n'a pas suffi à couvrir la petite musique qui m'inspire. Le vacarme de mes contradicteurs a été vaincu par ce David intérieur qui manie si légèrement la fronde pour leur faire face.

C'est en vain que je cherche à vous nommer autrement que par ce Mademoiselle. Dois-je tenter de découvrir par la contemplation assidue de vos traits ce qui aurait guidé vos parents à vous prénommer ? La tentative s'avérerait infructueuse tant les parents peuvent être fantasques dans le choix qu'ils font pour leurs enfants, certains petits crétins n'abîment-ils pas sauvagement les prénoms dont la résonance est illustre ou sainte ? À l'inverse ne voit-on pas des enfants charmants traîner sans relâche l'inspiration créatrice scabreuse de leurs ascendants, amochés par quelque prénom d'un assemblage ridicule ? La maltraitance parentale anticipe parfois la naissance de leur rejeton, qui est attendu au premier tournant pour s'en prendre une ! Elle inaugure une longue série de taloches physiques ou morales qui parfois ne cesse qu'avec les cortèges funéraires d'yeux humides qui recensent les vertus des défunts trop tôt retirés à l'affection des leurs qui eux n'osent afficher leur satisfaction libératoire.

Ne croyez pas que je rumine des rancœurs à l'égard de ceux dont je suis issu, ils ont eu la sagesse de la banalité en m'affublant d'un prénom sans âge. Je les remercie très chaleureusement de leur manque d'imagination, ils me soulagèrent ainsi de moqueries réitérées qui seraient venues alourdir celles dont je fus si souvent la cible et dont je vous entretiendrai peut-être un jour.

Ma lettre a dérivé, il n'est pas de mon propos de vouloir vous promener au milieu des agacements de l'existence d'un captif qui encombre un espace lilliputien, ce qui contribue à réduire le champ de son expérience de la société à ses démangeaisons intellectuelles.

La conquête de votre regard me ramène inéluctablement vingt ans en arrière. J'avais alors une quinzaine d'années, ma mère avait organisé, avec l'entrain qu'on s'accorde à lui reconnaître, un voyage éducatif à Florence. Elle devait espérer que le feu qui avait embrasé Stendhal viendrait au moins réchauffer le peu d'ardeur que j'avais à partager ses enthousiasmes culturels. Nous avions pris pension piazza Ottaviani dans le quartier de

Santa Maria Novella. Cet été-là, toute la chaleur de la Toscane semblait avoir reflué dans la ville pour ne laisser à notre respiration que le minimum pour vivre. Les nuits ne leur cédaient en rien pour entretenir l'épaisseur de l'air transmise par les journées. À la faveur de ce séjour, je compris que la fréquentation assidue des églises repose en grande partie sur les conditions climatiques, et que la pratique religieuse, si elle est un refuge pour les âmes, contribue également à rafraîchir les corps. Ceci explique peut-être la densité élevée des édifices de culte dans les régions les plus au sud, là où les quantités de sueur à éponger sont les plus importantes.

Les visites s'enchaînèrent avec célérité, rien ne devait échapper à l'œil admiratif de ma mère. C'est au troisième jour de notre séjour que je la vis à la galerie Palatine, elle mettait un terme à l'apathie de mes sens tant son regard suscita en moi une excitation animale. La Velata irradiait, splendide, seize ou dix-sept ans, à peine mon aînée, ce qui en 1516 devait lui valoir un statut d'épouse alors que, pour ma part, je subissais encore avec impatience une adolescence qui avait trop duré. Par un reflet carmin sa peau si fine prenait en transparence le feu d'une pudeur infantile encore perceptible, mais trahie par une moue qui affichait déjà toutes les promesses de la proximité des bouches.

Raphaël avait exposé à travers elle l'expression contenue de la dualité des femmes et du trouble qu'elles peuvent m'inspirer. De sa coiffure impeccable, une fine mèche de cheveux se détachait pour barrer sa tempe gauche, un petit rien de relâchement comme témoin de l'incapacité que nous avons à pouvoir tout maîtriser, une sorte d'ouverture aux risques du voyage et au frémissement des incertitudes de l'existence. Dans un face-à-face dont l'enjeu n'était pas défini je ne pouvais me résoudre à m'éloigner d'elle. Je supposais que toute tentative de rupture me vouait à des dangers dont je ne mesurais ni la nature ni l'ampleur. Qu'avait-elle à me dire que mon inexpérience ne pouvait saisir ?

Ma mère aura dû faire cesser ce commerce silencieux.

Aujourd'hui je tiens une chance de prolonger avec vous une conversation il y a si longtemps interrompue avec une autre. Le lien ténu qui vous rattache l'une à l'autre m'autorise à vous appeler Velata.

Votre Aimé

Avant de fermer l'enveloppe je levai une dernière fois les yeux vers elle. Une lassitude extrême m'avait envahi à mon insu, était-ce le long séjour inconfortable sur le fauteuil inadapté de mon bureau, ou plutôt l'énergie engloutie dans la tentative de rapprocher deux époques de ma vie qui m'avait fourbu ? Étais-je si certain du dénominateur commun entre ces deux femmes ? Deux femmes-images qui ne prenaient consistance qu'aux moments où je les fixais. L'enveloppe close, je la portai auprès de la précédente – j'engagerais ma femme de ménage à les déposer à des moments séparés afin de respecter la chronologie de mon audace. Il se constituait ainsi les prémices d'une relation dont l'issue était aussi incertaine qu'une grossesse débutante, portée seulement par l'espérance que l'on fonde à ce qu'elle perdure. Combien d'entre elles succombent aux vicissitudes de la vie moderne ou au renoncement douloureux des mères ? Je suppose que la mienne a pesé longuement le surcroît de reconnaissance apporté par sa maternité et l'affliction de sa chair à me porter neuf mois durant. Je tire une certaine jouissance à penser que la peur de la flétrissure de ses seins n'a pu l'emporter sur l'attendrissement supposé que lui procureraient mon babil et mes rots. Comment Isabelle avait-elle accueilli son enfant aujourd'hui défunt ? Portait-elle dès sa naissance la peur de le perdre ? Les mères sont-elles condamnées à devoir être grosses, tout ensemble, de la jubilation de l'attente et du sinistre de la perte ?

Les onze heures venaient de sonner au clocheton de la chapelle des pénitents, située à proximité de mon immeuble, qui formait avec son cloître un joli ensemble roman, vestige du chemin de Compostelle qui avait irrigué en abondance les voies de toute la chrétienté. À l'image de l'Afrique d'aujourd'hui, je me représente l'Europe du Moyen Âge comme le territoire de l'homme qui marche, moi qui vois le moindre de mes déplacements, inondé de sueurs, s'annoncer par un souffle bref et bruyant bien que limité au modeste arpentage de l'appartement. Pour autant je n'envie pas mes contemporains qui, faute d'espace, se voient réduits à piétiner en trotte-menu à longueur de pavé.

À peine le onzième coup avait-il retenti que la sonnette aigrelette envahit sans ménagement le hall d'entrée et, telle une avalanche, la totalité des autres pièces de mon logement. Je ne me décide pas à renoncer à cette sonnette bien qu'elle m'horripile chaque fois qu'elle retentit, elle est le seul élément qui appartenait au propriétaire précédent, un vieux professeur d'histoire et géographie dont l'ouïe défaillante s'accommodait de la crécelle de la porte d'entrée. Il m'avait confié ne jamais recevoir de visite. Les quelques sonneries parcimonieuses annonçaient presque toujours la concierge qui, brave femme, lui rendait quelques menus services. Devant la rareté des échanges, il m'avoua craindre de rater la minute de banalités météorologiques ou l'enfilade de lieux communs sur l'état du monde dont ne manquait pas de l'entretenir sa bignole. La solitude me poussera-t-elle un jour à espérer, tout comme lui, la sonnette de l'importun ?

– Bonjour, Isabelle. Avant tout je voulais vous remercier.

– De quoi ?

– Du service de l'autre jour.

– Pour les lettres ?

– Oui, pour les lettres. Grâce à vous je sais ce que j'ai à faire maintenant. Votre réponse a résolu mon problème.

Elle ne fit aucun commentaire, comme s'il était naturel qu'on l'interroge sur la manière de faire parvenir de la correspondance suivie à une personne dont on ignore l'adresse et tout moyen de se la procurer. Une fois encore cette femme m'étonna.

– Aimé, quand vous aurez fini de rêver on pourra peut-être penser à votre toilette ? Vous voulez commencer par quoi ce matin ?

– Je ne sais pas. Je n'y ai pas pensé. Je n'ai même pas préparé les affaires de toilette. Excusez-moi, j'ai la tête ailleurs.

– Alors, nous allons commencer par nettoyer la tête, c'est une urgence !

Sa phrase avait claqué dans un rire. Le débarbouillage et le shampoing furent promptement menés. Elle avait le don de transformer ma nonchalance affectée en une danse énergique de mes plis, un vrai régal pour un maître de ballet qui porte les corps à la transcendance. Dans les mains expertes d'Isabelle j'acquérais une légèreté de tulle. La joie que me procurait ce moment d'illusion me fit espérer que ma graisse pouvait, aux yeux de ma Velata, trouver le chemin magique de la grâce.

Fort de la réponse qu'Isabelle m'avait faite sur la destinée possible des lettres sans adresse du destinataire, je poussai plus loin mon pion.

– Je peux encore vous poser une question, Isabelle ?

– Bien sûr.

– Et si... S'il vous prenait l'idée de vous adresser à quelqu'un de... Quelqu'un d'inaccessible, qui ne puisse pas vous répondre. Vous comprenez ce que je veux dire ? Vous pourriez écrire à quelqu'un qui ne vous répondrait jamais ? Vous pensez que c'est insensé ?

Elle ne répondit pas, son visage se ferma, deux plis vinrent barrer son front comme si une vive douleur la traversait. Je n'osai intervenir. Elle resta figée quelques secondes, leva la tête, me fixa et dit :

– J'écris à ma fille depuis sa mort. Tous les soirs je lui ai écrit pour lui demander de revenir.

À peine m'avait-elle répondu qu'Isabelle prit avec rapidité le gant de toilette et frotta mon dos avec une insistance mécanique, saccadée, trop précise et trop appliquée pour que cela soit tout à fait naturel. Je sentis une goutte glisser entre mes épaules, un reniflement contenu me confirma qu'il s'agissait d'une larme. Rien ne devait plus m'empêcher d'écrire et je me promis de ne plus interroger Isabelle sur ce point.

V

DANS L'APRÈS-MIDI, ma sieste fut interrompue par la sonnerie du téléphone. Ma vie se trouve étonnamment ponctuée par les carillons, réveils, cloches, sonneries et sonnettes en tout genre. J'en suis d'autant plus surpris que ce tintamarre de ferblantier a toujours entraîné chez moi un repli immédiat afin de ne pas obtempérer à ce qui m'apparaît encore aujourd'hui être un rappel à l'ordre. L'ordonnancement public se fait en grande partie à la baguette sonore. La soldatesque et l'alignement social m'indisposent. Agacé, je cédai à l'insistance de mon téléphone.

– Maman ! – Je faisais la sieste, maman. – Tous les jours à cette heure-ci je fais la sieste, maman, tu le sais. – Non, tu ne me déranges pas. – Bien sûr que non, maman. Mais tu pourrais appeler à une autre heure, c'est tout ce que je dis. – Oui, je sais, je t'avais laissé un message. Pour que tu m'achètes un miroir. Un miroir à deux faces comme pour le maquillage. – Bien sûr que non, maman, je ne veux pas me maquiller ! Je te dis simplement que j'ai besoin d'un petit miroir. – Achète-moi juste ce miroir et arrête de me poser des questions, s'il te plaît. – Non, maman, je demanderai à Olga de le prendre. Comme elle passe devant chez toi avant de venir ça ne la dérangera pas. – Demain, maman, si tu veux bien. Je lui demanderai de passer demain. Merci, maman, je t'embrasse.

Que pouvait-elle imaginer de l'usage que j'en ferais ?

L'enfance m'avait appris que ma mère, pour ce qu'elle jugeait être un principe d'éducation, vérifiait régulièrement mes affaires personnelles. Elle légitimait sa démarche intrusive en affichant combien il était nécessaire qu'un fils fût sincère et transparent pour sa mère, c'est au prix de l'étalage de mes innocents secrets d'enfant qu'elle espérait me guider par des conseils péremptoires. Qui mieux qu'une mère pouvait trouver le chemin qu'il convient de prendre pour un fils en désarroi ? Encore eût-il fallu que je le fusse, car je n'ai jamais senti aucun bouleversement qui justifiât une bouée pour me sauver d'un naufrage annoncé. S'il est un avantage à la corpulence, c'est bien celui d'augmenter la qualité de la flottaison lors des grands chahuts des flots de l'existence.

Ma sieste avait touché son terme avec le téléphone. Je disposais de temps pour me changer avant l'arrivée d'Olga. J'enfilai un pull-over moutarde à col roulé et un pantalon de velours vert bronze à petites côtes retenu par une large ceinture et une paire de bretelles, une veste dans un camaïeu de verts éteints complétait l'ensemble. L'usage des bretelles est indispensable tant l'abdomen cultive la tendance à s'extraire des vêtements censés le contenir. L'énorme hernie que constitue le ventre ainsi évadé de sa strangulation est une provocation. La baudruche s'impose, elle doit se montrer entre les pans écartés de la chemise distendue. Rien ne résiste à cette flatulence immonde, la ceinture s'affaisse vers la racine des cuisses. Elle s'incline pour lui faire le passage, elle cède la prééminence à une proéminence qui l'écrase de sa superbe et de son mépris.

Ainsi vêtu je me dirigeai vers la fenêtre de mon bureau. J'alternais à dessein la perspective que j'avais d'elle ou qu'elle avait de moi. Je souhaitais vérifier si le regard que je sentais perpétuellement fixé sur moi suivait le déplacement que je lui imposais en passant de la fenêtre de la cuisine à celle du bureau. Je constatai que la translation que je m'étais imposée ne changeait rien au fait que je pouvais croiser ses yeux sans l'ombre d'une difficulté. Je lui souris sans me rendre compte qu'en la circonstance j'avais adopté l'imbécile sourire figé du bienheureux face à l'icône.

Pouvait-elle saisir toute la nécessité qui me portait vers elle sans retenue, sans préjugé mais aussi sans perspective ? Elle était une femme absente, offerte pour un temps limité, dont seule la satisfaction suggérée de la consommation de biscuits justifiait l'exposition au mol appétit du plus grand nombre. Elle n'était qu'un corps en attente d'être comblé par un objet extérieur. Je n'avais jamais envisagé que notre tête-à-tête puisse cesser. Pourquoi n'avais-je pas pensé plus tôt qu'une campagne publicitaire était programmée pour une durée précise, et que tôt ou tard nous nous quitterions brutalement, un jour sans lendemain ? De combien de temps disposais-je encore pour jouir de sa présence éphémère ? La perspective de me mettre en contact une seconde fois avec l'agence de publicité entraînait une angoisse, une oppression au bord inférieur du sternum, à la limite de la nausée. La fin de non-recevoir à laquelle j'avais été confronté la première fois contribuait pour une large part à ma réticence. Pourtant je brûlais d'être informé de l'échéance de la rupture afin de m'y préparer. Comment allais-je pouvoir renoncer à ce qui constituait alors l'essentiel de ma mobilisation psychique, le peu d'espérance que je transférais d'un instant sur son suivant et qui me faisait aller coûte que coûte vers un apaisement qui se dérobait à plaisir ? Il aurait été illusoire et indécent de l'entretenir de la place que je lui faisais sans résistance à l'orée de ma reddition, inimaginable il y avait encore peu de temps. Illusoire par mon impuissance à faire face à ce qu'il convenait de nommer un désir naissant, et indécent pour m'en ouvrir à une parfaite inconnue qui en était l'objet.

Le bureau prenait le pas sur la cuisine, je le fréquentais avec davantage d'assiduité que le réfrigérateur. Il s'opérait un glissement de mes obsessions de la nourriture vers une pensée tendue à l'extrême : ma visiteuse. La mutation progressive qui se produisait ne cessait de me dérouter.

Pourquoi, après tant d'années organisées autour de ma lutte pour résister à l'envie de manger, y céder, jurer de ne pas m'y reprendre, rechuter dans une colère qui m'était destinée ? Pourquoi ce système de mauvais coups contre moi-même, que je connaissais si bien, que j'avais apprivoisé avec tant de souffrance, s'effritait-il au profit de sentiments nouveaux qui me troublaient et me bousculaient ?

Las de tempêter en vain je me décidai à lui écrire une troisième lettre.

Mademoiselle... Mademoiselle Velata,

À défaut de recueillir par une réponse ce qui serait l'essentiel de vos espoirs ou de vos tourments, je me trouve réduit à faire l'histrion, quand bien même j'y répugne. Si le moyen est usé, il suscite encore un peu d'intérêt, et je ne dispose d'aucun autre artifice pour prolonger une relation que je crains de voir s'achever.

En m'attardant sur votre demi-nudité je suis replongé dans les années de ma scolarité primaire. Convenons que le lien entre le corps épanoui d'une femme et l'enfance ne procède pas de l'évidence. Toutefois, je me risque à vous confier combien ma nudité d'enfant a été source de souffrance alors que la vôtre l'est de plénitude.

Les élèves devaient se regrouper dans le préau. Les murs lisses, les plafonds et les fenêtres à grande hauteur conféraient à l'endroit des allures sévères de cathédrale laïque, nulle fantaisie ne venait agrémenter le vaste lieu du rassemblement et le brouhaha, mal contenu par les institutrices, grossissait en une clameur assourdie pour l'habiter tout entier. Les filles devaient se séparer des garçons. Les plus jeunes appréhendaient les grandes manœuvres qui précédaient la visite médicale. Les instructions fusaient du piédestal que constituait le grand escalier de chêne qui permettait l'accès aux bureaux de la direction. Nous devions nous rassembler par paquets de quarante élèves, puis nous acheminer vers une vaste salle de classe transformée pour la circonstance en infirmerie. Tandis que des camarades se rhabillaient nous ôtions nos vêtements afin de faciliter le flux incessant des enfants, dont certains disparaissaient brièvement derrière un paravent pour réapparaître quelques instants plus tard avec un verre à pied contenant de l'urine. L'analyse des urines était la première étape avant la pesée et la visite médicale.

Mon meilleur camarade était un élève chétif, presque contrefait tant sa scoliose lui tordait le dos comme sous la tension d'une corde d'arc. Les muscles saillaient sous la peau avec la netteté des écorchés. Il était toujours le premier déshabillé puis ne tenait plus en place. Autant je me cachais, autant il s'exhibait sans pudeur pour nous gratifier de pitreries et de contorsions. L'institutrice parvenait, non sans difficulté, à lui faire réintégrer notre groupe dont il s'échappait aussitôt pour reprendre sa pantomime.

Le souvenir des saillies des côtes, du chapelet si lisible des vertèbres contribue encore aujourd'hui à raviver la fascination envieuse qu'exerçait sur moi sa maigreur maladive. J'aurais sans contrepartie cédé mes excédents contre ses manques.

L'époque voulait que nous portions en majorité des slips blancs. Chacun lorgnait sur la poche kangourou des voisins qui, à notre grand soulagement, était aussi ridiculement plate que la bourse d'un impécunieux. Je n'échappais pas à cette comparaison subreptice, j'y puisais de l'assurance pour le moment que je devrais affronter après le rituel de la pesée et l'inévitable remarque acerbe de l'infirmière qui s'ensuivait. Le persiflage moqueur de l'infirmière n'était rien au regard de ce que je redoutais le plus : la consultation du médecin. L'homme se résumait à ses lunettes tant les verres étaient épais et chacun de ses yeux réduit à un point, comme aperçu au travers d'un cul de bouteille. Une fois expédié le manège du stéthoscope sur ma poitrine et mon dos, l'homme me faisait pivoter et sans un mot baissait sèchement mon slip, lorgnait mon insignifiante excroissance puis saisissait l'un après l'autre mes testicules pour les faire rouler entre deux doigts comme il l'aurait fait d'une pincée de sel. À cet instant nul vulnéraire n'aurait pu mettre fin à la brûlure de ma honte face à l'ébauche de son sourire affligé et à sa commisération retenue.

J'avoue que j'ai dévié du propos initial de votre corps vers l'exposé navrant de mes infortunes d'écolier. Je n'ai pas échappé à la jubilation égotique de croire que mon ombilic peut être, pour un instant, le centre convergent des attentions, les vôtres par-dessus tout.

Avant que vous ne me le reprochiez, je préfère m'éclipser.

Votre voisin d'en face, maladroit mais sincère.

Aimé

À l'instant où je fermai ma lettre, malgré la honte qu'elle m'avait coûtée, loin de fuir, je ressentais pour cette femme toute l'avidité d'un ventre creux. Le temps de l'émoi était loin, celui qui, à l'adolescence, naît de l'impossible approche de la chair depuis l'évocation à son effleurement hâtif en catimini : coins obscurs, bousculades de sortie de classe, messes dominicales, séances de cinéma, toutes circonstances où l'imaginaire devait se satisfaire de ce dont l'œil était privé. Devant la confusion du désir si mal travesti en sentiments qui ignorait le combat que j'avais mené pour me conduire vers une quiétude faite de renoncements, que pouvais-je faire valoir pour ne pas déposer les armes avec l'amère certitude de ma défaite et des tourments qu'elle portait en elle ?

Il y avait bien longtemps que je n'avais pas campé aussi longuement dans ma cuisine. J'avais pris la précaution de tirer le rideau, qui fit office de suaire pour envelopper la débauche de goinfrerie qui m'occupa pendant une bonne partie de la nuit. J'en appelais régulièrement mais en vain à la figure tutélaire du professeur de Baillancourt. Rien ne devait me détourner du chemin où je m'abîmais si méthodiquement. À plusieurs reprises, je fus tenté de déchirer ma dernière lettre, pourtant chaque fois que je me résolvais à le faire j'y renonçais comme empêché par une autorité qui me dominait. L'audace de ma confession jointe au désintérêt qu'elle pourrait susciter me faisait craindre des lendemains sombres. N'avais-je pas tant œuvré pour me protéger du chahut des émotions pour céder à présent un terrain si douloureusement acquis ?

L'absorption massive de nourriture venait apaiser transitoirement mes tensions, je pensais ainsi m'assoupir, repu, enflé jusqu'à la douleur, prêt à sombrer. Mes espérances furent vaines, je restai éveillé la plus grande partie de la nuit ponctuée de régurgitations et d'éructations.

La lumière nocturne venait la caresser et le rideau toujours tiré ne m'en livrait qu'une silhouette aux contours incertains et changeants. Celle que je croyais immuable trouvait encore à m'étonner en prenant au travers du voile léger des allures de danseuse gitane.

Au petit matin, exténué et vaincu, je m'effondrai sur le lit, renonçant à la machine à air. Le sommeil eut tôt fait de m'engloutir.

Isabelle, comme à son habitude, avait procédé à ma toilette, je lui avais demandé de passer chaque jour pour me garantir une meilleure hygiène corporelle. Sa gaieté contrastait avec la sourde angoisse qui participait très largement de mon mutisme. L'infirmière ne semblait pas s'en soucier, elle s'activait, me bouchonnait comme on l'aurait fait pour un cheval engourdi contraint de quitter la litière.

Je bougonnais sans que cela eût une quelconque influence sur le bras énergique qui s'employait à ma toilette. Isabelle connaissait trop bien mon humeur pour tenir compte des vagabondages tourbeux de mon esprit. Aux confins de la bulle dans laquelle je me réfugiais, elle n'avait aucune intention de venir me débusquer.

Après les soins d'usage, l'infirmière rangea sa sacoche, se releva avec une lenteur qui ne lui était pas habituelle, me regarda droit dans les yeux, silencieuse, puis me dit :

– Prenez soin de vous, Aimé.

La sollicitude d'Isabelle vint accroître mon désappointement. Qu'avait-elle deviné de la fébrilité juvénile qui depuis plusieurs jours m'avait transformé en une sentinelle oubliée à la fin d'un conflit, dont la ronde mécanique se résume à une vingtaine de pas entre deux fenêtres en vue de prévenir une improbable intrusion ?

Au rythme de l'arpenteur, je déambulais d'une pièce à l'autre, marquant l'arrêt à chacune des fenêtres dans l'espérance d'un signe. Je me trouvais en état d'extrême déréliction, si démuni, si nu, si tourmenté. Toute l'activité que je déployais se résumait en une quête d'un objet improbable : une attention qui ne se démentirait jamais.

L'après-midi fut agrémenté par l'arrivée d'Olga, qui était passée prendre le miroir chez ma mère. Elle déposa sur le meuble de l'entrée le sac en papier épais qui le contenait tandis qu'elle réservait au buffet un petit paquet en forme de pyramide dont l'extrémité était fermée par un ruban de telle façon qu'il formât une boucle. L'emballage de papier plié désignait sans équivoque un gâteau. Le paquet suspendu à bout de doigt, mû par des oscillations de pendule, donne au gourmand qui sort de la pâtisserie des allures de cambrioleur de confiserie. Enfant, combien de fois ai-je pu observer avec envie le ballet dominical des gâteaux qui quittaient, ainsi ficelés, la boulangerie-pâtisserie de la place de l'église. À l'idée qu'aujourd'hui il avait emprunté un chemin similaire à la seule fin de mon plaisir, j'éprouvais pour ma vie et ma femme de ménage une affection sans retenue. Cette jubilation eut pour effet de rompre avec le principe que j'avais adopté de ne jamais assigner à cette dernière une liste des tâches d'entretien de mon logement. Il lui était loisible de satisfaire son inspiration et d'organiser comme bon lui semblait sa demi-journée de travail. Ce jour-là, je me laissai aller à lui demander de bien vouloir faire la poussière. Autant avouer que je redoute que parmi celles-ci figurent une partie des cendres d'un quelconque voisin qui m'insupportait de son vivant, et qui par goût de l'incinération viendrait pour me narguer se répandre avec arrogance et sans gêne sur mes livres et mon mobilier. Je préfère l'imaginer dans l'estomac des lombrics plutôt que ses suies saupoudrées sur mon bureau. La modernité veut que le feu soit devenu la nouvelle forme du dernier voyage. Si, à la fin de la crémation, chacun ou chacune voulait bien demeurer dans son cendrier, je n'y verrais aucune objection, mais la manie va jusqu'à se faire jeter au vent, qui au souffle marin, qui à l'autan ou à la tramontane, ou encore depuis le balcon de son ancien appartement, histoire que le défunt ne quitte pas le quartier qu'il a tant aimé, le tout au mépris de l'avis du voisinage qui l'a subi. Je me réjouis à l'idée que ce rêve d'Icare finisse dans mon aspirateur.

Pour ne pas effrayer la chère femme, je ne dis mot de la raison qui me poussait à lui programmer une chasse à la poussière si méticuleuse. Bien qu'ignorant mes motifs elle s'exécuta avec célérité, mue par la conviction que le ton que j'avais adopté justifiait de ne pas différer. Deux heures plus tard l'appartement avait pris des allures de demi-mondaine prête à sortir dont la pacotille des bijoux aurait confisqué la lumière alentour par leur excès de brillance. Les meubles de mauvais goût en fruitier chantourné, acquis en un lot par ma mère lors de mon installation, cirés en couche épaisse, semblaient livrés de la veille tant les émanations de cire et de térébenthine s'insinuaient dans tout l'appartement comme transformé en atelier d'ébéniste.

Un dernier rai du jour tombant laissait encore un faible espace à la poussière rescapée pour sa dernière danse. L'insistance qu'elle mettait à virevolter insouciante et sans but aurait tôt fait de s'évanouir en cette fin d'après-midi. Elle céderait bientôt sous le joug de l'éclairage électrique, qui lui retirerait implacablement toute espèce de frivolité.

En quelques jours, l'appartement avait connu plus de charivari que depuis mon installation : meubles cirés, livres rassemblés, classés et rangés, poussière chassée, table de cuisine déplacée. La transformation de l'apparence des lieux était sans commune mesure avec les tensions et les émotions qui m'habitaient. Je vivais les phases inquiétantes et douloureuses d'une métamorphose dont l'issue restait incertaine. Le trouble qui présidait à cette mutation inattendue pouvait produire les effets les plus contraires sans que je puisse infléchir leur cours. J'ignorais si je m'abîmerais comme un navire fantôme sur les amers ou connaîtrais la rémission des afflictions de l'âme. Au point où je m'étais rendu, l'expression de ma liberté se résumait à me laisser entraîner par le flot des événements ou y renoncer de façon immédiate et brutale. Je décidai de me précipiter sans retenue et de ne pas m'aheurter aux lambeaux critiques qui tentaient encore de me reconduire à la raison.

VI

Dix jours s'étaient écoulés et j'avais consacré la totalité de mon temps à la scruter depuis les fenêtres de la cuisine ou du bureau, la seule fantaisie que je m'étais accordée tenait à la durée des stations à l'un ou l'autre poste et parfois à la très longue veillée nocturne assis à ma table de travail, le cadre de l'huis épousant parfaitement les limites de l'affiche. Les dormants de la fenêtre étaient pour beaucoup dans la mise en valeur de l'ensemble du panneau, le découpage par les croisées permettait d'isoler son visage dans un cadre plus réduit qui me facilitait la contemplation nocturne. Durant cette période j'avais en vain tenté de lui écrire, j'y renonçais chaque fois, tant le propos ne se nourrissait que de vagues souvenirs dont le ressassement perpétuel avait de surcroît travesti la vérité. En ce qui la concerne, malgré mes veilles et l'insistance de son regard, je n'avais pas réussi à déchiffrer l'énigme qu'elle me destinait.

Après le passage matinal d'Isabelle, j'avais projeté d'installer le miroir que la femme de ménage m'avait apporté voilà plusieurs jours et que j'avais négligé. Ma demande n'avait pas bousculé les habitudes de ma mère. Elle se faisait apporter, par commodité, l'ensemble des achats qu'elle commandait par téléphone au petit supermarché qui occupait le rez-de-chaussée de l'immeuble qui jouxtait le sien. Ses manières d'aristocrate avaient su séduire le gérant qui, bien que la livraison à domicile ne soit pas prévue dans les services de son commerce, avait accepté de déroger à la règle pour faire plaisir à cette femme qui en imposait.

Son allure de douairière, son langage affecté, le porté des vêtements, la coiffure impeccable et le maquillage soigné faisaient de cette femme la châtelaine incontestée de sa rue où nul n'aurait envisagé de la bousculer de son piédouche. Telle était ma mère, un être qui se nourrit de la vanité de s'être extrait du monde des humbles et qui trouve dans la disponibilité des autres une commodité pour sa propre vie. Que ce commerçant lui soit agréable procédait de la simple justice de classe. Compte tenu de ces dispositions de servitude, il lui était aisé de me procurer, sans que cela lui coûte, un miroir pour le maquillage. En lui demandant un tel service j'avais conscience de participer à l'improbité de son système, mais je ne prétends pas être un modèle d'équanimité et de justice.

Je trouvai le miroir là où Olga l'avait déposé, protégé par un carton en nid-d'abeilles et emballé dans un papier kraft. J'avais l'intention de l'installer dans les toilettes. Pour ce faire il me suffisait d'un clou et d'un marteau. Le marteau, les clous, les vis, le tournevis résumaient l'investissement que j'avais consenti pour le bricolage. Toute autre activité manuelle m'était étrangère, le seul maniement du marteau entraînait plus de blessures que de joie. Toutefois, si je voulais mener mon projet à son terme il me fallait en passer par le pitonnage de la glace. Depuis bien longtemps j'avais fait disparaître les glaces et les miroirs, à l'exception de celui de la salle de bains dans lequel j'assiste journellement à ma toilette. C'est à la demande d'Isabelle que j'ai souscrit à ne pas le sacrifier avec les autres, elle pensait que la confrontation régulière avec mon image corporelle permettait coûte que coûte d'habiter une enveloppe que je reconnaissais de moins en moins comme mienne. Isabelle avait-elle raison de maintenir quotidiennement un affrontement brutal entre la représentation extérieure et l'être d'émotions et de pensées que je suis ? Entre la masse apparente et les linéaments complexes, subtils, contradictoires, incertains qui caractérisent tout individu ?

S'il est une pièce que je redoute de fréquenter c'est bien les toilettes, à croire que les architectes sont tous des anorexiques constipés à la vessie économe pour concevoir un lieu aussi étroit alors que nous sommes contraints à un usage pluri-journalier de l'endroit. Pour ma part, je dois choisir d'y pénétrer de face ou de dos selon la nature du besoin qui m'y conduit. Ainsi incarcéré, il devient inutile d'ébaucher quelque manœuvre en vue de modifier ma position initiale. Pour m'en faciliter l'accès, j'ai fait supprimer le lave-mains qui me rentrait systématiquement sous les côtes chaque fois que je me glissais vers la cuvette. L'exonération terminée, je me trouve confronté à la plus grande des difficultés pour assainir à l'aide d'un petit papier l'endroit de mon soulagement, la main ne trouve pas le chemin, et il m'est impossible de basculer sur une fesse afin de lui faciliter le passage. Uriner peut paraître moins incertain, il n'en est rien puisque mon abdomen surplombe la totalité de la cuvette et de ce fait la direction du jet devient probabiliste. Le risque est grand de souiller, au mieux les bords, le plus souvent le sol. Dans l'impossibilité de me baisser pour nettoyer je suis réduit à revenir avec une serpillière au bout d'un balai afin de maintenir la propreté du réduit.

J'avais décidé de fixer le miroir sur le mur où s'adosse la cuvette des sanitaires, juste au-dessus de l'extrémité de l'abattant lorsqu'il est relevé. J'étais obligé de me pencher en avant pour atteindre le mur qui me faisait face. Il me fallut de l'obstination pour lutter contre le déséquilibre perpétuel qu'engendrait le poids de mon ventre. Je dus m'y reprendre à plusieurs fois pour planter à l'oblique le premier clou qui soutiendrait la poignée de la glace. Dans un second temps, je devais assurer une angulation entre l'objet et le plan du mur ; de la précision de cet angle dépendait le succès de mon entreprise. Je plantai un second clou, qui devait servir de support à la base du miroir et lui permettre de basculer vers l'avant afin de former l'angle que je cherchais à obtenir. Là encore, plusieurs essais furent nécessaires pour que le dispositif soit conforme à mes vues. Le miroir ainsi fixé, je devais m'assurer de la facilité à le retirer et à le repositionner chaque fois que je voulais en faire usage. Le caractère provisoire de l'installation devait me prémunir contre d'éventuelles questions de la femme de ménage ou d'Isabelle. Je pendis aux clous deux petits sacs de lavande qui habituellement font leur lit dans le linge des armoires. Accrochés de façon permanente, ils camoufleraient l'installation tout en dispensant leur fragrance de salon de coiffure d'après-guerre.

Depuis combien d'années ne me suis-je plus vu pisser ? Je ne saurais le dire. Il faut supposer que les choses se sont installées progressivement, mon ventre a dû boucher chaque jour davantage le paysage de mon pubis, jusqu'à l'éclipser totalement. Les premiers temps il est probable que l'image que j'avais de mon sexe venait se substituer à la cécité du réel, en conséquence je n'ai pas pris la mesure de l'occultation qui s'opérait. L'insouciance tient en partie aux images que notre cerveau nous restitue pour travestir dans l'innocence la réalité brutale et sèche. Le mien a bien fait son travail pour m'épargner l'angoisse de la perte. Le miroir venait réparer celle-ci en m'assurant une vision rassurante de la normalité de mon anatomie. Certes, l'adiposité environnante donnait à ma verge une allure de bernard-l'ermite dont seule la tête s'extrait de sa coquille pour s'assurer de la bonne marche du monde.

Calé dans les toilettes, j'animai mon petit appendice par un va-et-vient d'adolescence, j'en reprenais possession comme un propriétaire réinvestit un bien locatif dont il aurait perdu jusqu'au souvenir de la disposition des lieux. Par souci de réparation contre l'adversité qui m'avait doté d'organes génitaux que je jugeais indigne de la masculinité, je retournai la glace pour bénéficier de l'effet grossissant de l'autre face, ainsi je tenais ma revanche contre la nature qui m'avait disgracié. Fort du constat sur la relativité des choses au travers du jeu alternatif du miroir, je quittai satisfait les toilettes, non sans avoir pris soin d'emporter l'objet pour laisser la place aux deux sachets de fleurettes. Je me rendis dans la cuisine, bien campé sur mes jambes, je la fixai sans arrogance mais avec une assurance retrouvée. Pouvait-elle s'y associer ? Lui devais-je le début de réunification de mon corps morcelé et imprécis ? Je puisai dans son regard la force de lui écrire.

Mademoiselle Velata,

Me reprochez-vous ce long silence de dix jours ? N'allez pas croire que le désintérêt était venu jouer sa partie de détachement, je l'aurais éconduit plutôt que de laisser le moindre espace à l'expression de son art de césure. Les infortunes de mon état jointes à l'incertitude de vos attentes ont contribué à remettre au lendemain ma lettre.

Comme vous avez pu le constater j'ai consacré l'essentiel mon temps à vous capter afin de vous rencontrer dans les endroits les plus inattendus de votre être. Rompre définitivement avec la belle apparence que le publicitaire m'impose, forcer l'image, dire que je vous écoute comme vous le faites pour moi.

Votre père a-t-il été fier de l'enfant que vous fûtes ? Lui avez-vous volé les traits réguliers de votre visage ou bien est-ce le premier cadeau que votre mère vous fit ? De quelle chair parentale vous êtes-vous nourrie le plus avant d'être la femme splendide qui me trouble ? Moi qui ai gravi mollement les marches de l'enfance et de l'adolescence, le visage poupin, avec le désaveu croissant de mes parents, j'envie l'attention que les vôtres vous ont témoignée. Rêverais-je de la même sollicitude douillette que cela s'avérerait impossible. Le souvenir de mon père se résume à une silhouette. Mon jeune âge, lors de sa disparition, y est pour beaucoup et, plus encore, l'économie de mots engagés par ma mère pour me parler de lui l'a réduit à une évocation. Aurais-je été plus heureux aujourd'hui de pouvoir me rappeler, comme la plupart, quelques baisers rêches de barbe du soir accompagnés de l'immuable et assommante ritournelle : « Dors bien, fais de beaux rêves » ? Combien d'insomniaques mesurent chaque nuit l'illusoire conjuration qu'est, pour leur sommeil actuel, ce dérisoire et vain sésame des endormissements de leur enfance et sacrifient, tout comme moi, au rituel de la prise de somnifères ?

Mes regrets sont ailleurs que dans un manque hypothétique de câlins hâtifs de bord de lit. J'aurais souhaité qu'il me protégeât contre l'infamie de l'envahissement de la graisse, qu'il ait fait barrage, qu'il ait empêché ma mère d'exercer son insupportable étreinte morale.

Il est mort trop tôt d'une de ces maladies interminables qui transforment votre visage en une grimace sans chair tant elle pioche sans lassitude dans les réserves de votre vie jusqu'à la confisquer.

Le vôtre a-t-il su éteindre le feu des injustices qui vous menaçaient ? A-t-il essuyé les larmes du chagrin d'une vie trop en pente dont on chute lourdement faute de prises assez solides ? A-t-il fustigé l'indécent qui vous convoitait alors que vos sens avaient encore l'innocence de votre corps nubile ?

À la nuit tombée, assis à mon bureau, alors que la lumière de la ville viendra border votre corps rendu à l'indifférence des hommes, je recueillerai la confidence qui dans l'instant me fait défaut. Je saurai scruter les signes qui, en l'absence de mots, me diront un peu de l'histoire de votre vie.

Une fois encore je mesure la douleur de vous savoir recluse dans une cage de papier tout comme je le suis dans l'abondance mortelle de ma graisse.

Votre Aimé

Je posai la lettre, une fois cachetée, sur la console de l'entrée de sorte qu'elle soit en évidence pour que la femme de ménage la repère, puis l'expédie. Aucune nouvelle instruction n'était venue lui signifier ce qu'il convenait de faire avec le courrier. Bien qu'auparavant je n'écrivisse pas – à qui aurais-je été susceptible de le faire ? –, elle avait rempli sa mission avec discrétion et efficacité. Aucune remarque n'était venue ponctuer la nouvelle tâche que je lui avais assignée. À l'exemple d'Isabelle, avait-elle mesuré combien sa présence représentait le seul rempart qui me gardait contre le vide absolu ? Je devais à l'une et à l'autre de parcourir sans encombre la distance qui sépare le lever du coucher, jour après jour, en usant du calque de la veille pour le lendemain. Je me consumais dans un temps immobile, seules les consultations avec Baillancourt constituaient une entaille dans l'emploi lisse que je faisais du temps.

Depuis qu'elle voisine, je connais l'exaltation des impatiences du lendemain, les nuits de face-à-face qui trouvent leur terme par la visite impérative du sommeil qui me guide jusqu'au lit. Je branche le masque de spationaute dont le bruit continu me tient lieu de comptine et je sombre vers d'oniriques effusions.

Isabelle assure la régularité de ma journée par la ponctualité de son passage ; comme ce fut le cas récemment, je ne peux pas espérer tous les matins qu'une vieille femme ait la douleur de perdre son chat pour bénéficier d'un sursis de sommeil.

La vertu des vieilles femmes force mon admiration, il n'y a qu'elles pour accepter de nettoyer la caisse d'un animal qui produit des déjections fétides dans une position d'aristocrate outré. Ma mère n'a jamais voulu de chat du fait même que l'animal aurait pu avoir des manières plus hautaines que les siennes. Pour elle, la qualification de domestique ne souffre pas le doute quant à l'assujettissement de l'animal à son maître, l'expression détachée et indépendante du chat s'assimile à une subversion contre un état de fait, subversion qu'elle ne saurait souffrir. Moi-même je crois avoir été, par indécision de caractère, un fils domestique. Toute espérance secrète de révolte trouvait son terme devant la figure hiératique maternelle, qu'avais-je à lui opposer d'autre que l'insouciance étonnée d'un garçonnet à l'orée d'une vie tirée, par ses soins, droite comme un sillon avant les semailles ? Le choix de mes études de lettres se fit en rupture avec les activités commerciales de mon père. Pour ma mère, la manipulation réelle ou abstraite de l'argent ne pouvait se comparer qu'à une abjecte transaction pornographique. Quand je dis pornographique, il faut entendre sexuelle, puisque à la croire l'une et l'autre sont identiques et se résument à une chimie de sécrétions dégoûtantes sur fond vénal où l'un par servitude cède à l'autre, sinon de l'argent, du moins une part de lui-même.

L'atmosphère qui présida à mes études se trouvait sous les auspices de l'occultation de mon père, rien de ce qu'il avait été censé rencontrer ne pouvait m'advenir, tenu trop éloigné que j'étais de ses centres d'intérêt. Je me trouvais dans l'exigence de l'élévation de l'esprit des humanités, sans accès à la modernité des choses et des êtres. À force de transparence, celui qui aurait dû me manquer s'était délité à l'insu de ma vigilance. Me suis-je senti trahi par mon orphelinat ? Très souvent la colère a pris le dessus sur le chagrin, colère à propos de ce que je juge être une désertion, colère contre sa maigreur extrême qui, comme un reproche, giflait mon embonpoint pour m'affliger une pénitence injuste. Comment pouvais-je lui répondre puisqu'il partait en me désavouant par le décharnement spectral de son corps ? L'amour qu'il ne me témoignait déjà plus lui échappait-il avec les courtes exsufflations de l'air qui le visitait encore ? Il tétait sa fin de vie comme une mamelle chiffonnée et presque tarie.

Il me reste des lambeaux d'émotion le concernant, bien avant qu'il se fonde dans l'indistinct de ma mémoire, qu'il vagabonde nuitamment au gré de la fantaisie du rêveur.

La petite station balnéaire qui avait accueilli, l'année de mes cinq ans, nos vacances familiales proposait un manège installé au bord de la plage. Les enfants avaient tôt fait de réclamer à leurs parents de prendre possession de ce monde en miniature. Au son de la cloche, les uns se précipitaient au volant des automobiles, montrant précocement la précision de leur choix et le goût pour conduire les autres, plus particulièrement les filles qui étaient invitées à prendre place à l'arrière – celle à côté du chauffeur signait la distinction qui était faite parmi elles –, et pour les plus indépendantes il s'agissait de grimper sur les chevaux de la rangée supérieure pour se donner des allures de Diane souveraine. Les plus timides, dont j'étais, hésitaient, ébauchaient un choix, y renonçaient pour se rendre à l'autre bout du manège où les plus hardis venaient de se saisir de la place qu'ils auraient aimé occuper. Au son de la cloche qui annonçait l'imminence du départ, je m'installais là où je me trouvais de peur d'être laissé sur le bord du parquet tournant. Toutes les contrariétés disparaissaient avec le début de la rotation, les regards se cherchaient, ceux de l'enfant heureux, ceux des parents émus, quelques rires anxieux fusaient depuis les places où étaient installés les plus jeunes. Le monde était en marche, et les plus hardis avaient la chance de décrocher le pompon et gagner ainsi un tour supplémentaire. La vie récompense les plus téméraires. Je me contentais de tenir serré le volant, conscient de la responsabilité que j'avais de ne pas accidenter l'automobile en maintenant la bonne trajectoire.

Il était là en retrait, adossé à un arbre, la énième cigarette depuis le lever fichée entre les lèvres. Il la retirait à chacun de mes passages pour m'adresser un sourire contenu mais encourageant. À chaque tour, je m'autorisais, lorsque je défilais devant lui, à abandonner pour un instant le sérieux qui m'habitait et rire sans retenue. Le carrousel n'aurait jamais dû cesser tant je ressentais sa présence attentive et protectrice, je crois que ce jour-là il était fier de moi.

Lorsque j'entendis la clé mobiliser le pêne de la serrure, j'étais heureux de rompre le fil qui m'avait mené jusqu'à lui par des chemins tendres mais douloureux. Olga se présenta dans l'embrasure de la porte, un paquet pyramidal dans la main gauche. Elle y avait une nouvelle fois pensé. Il existait chez cette femme charpentée, la soixantaine proche, une énergie peu commune, aucune tâche ne semblait devoir la rebuter tant elle les prenait à bras-le-corps, en témoignait le nettoyage des jours précédents. J'avais admiré la force de son dos lorsqu'elle avait déplacé des meubles pour passer la cire sur le parquet. Je sais peu de choses d'elle, sinon que sa famille avait dû émigrer d'Europe de l'Est lorsque les idéologues avaient fait main basse sur son pays. Issus de l'aristocratie, ses parents avaient fait le choix de gagner l'Occident, quitte à abandonner la plus grande partie de leurs biens. Elle fit allusion à son histoire alors que je remarquais un fond d'accent dans son français, en précisant qu'elle l'avait appris avec une gouvernante originaire d'Orléans. Après un emploi de femme de chambre chez un compatriote elle avait préféré retrouver une part de sa liberté en faisant le ménage chez différents particuliers. Elle venait chez moi les lundis et jeudis depuis six ans, son travail consistait à ne pas déranger le désordre ambiant. Le nettoyage de la cuisine et des sanitaires occupait la presque totalité de son temps, je laissais volontiers en chantier la table et l'évier après mes crises de frénésie alimentaire. Je le faisais non pas par négligence ou mépris mais pour exposer les stigmates de mon inconduite. Je cherchais un témoin et une aide. Passer et repasser devant les reliefs de mon combat perdu me faisait espérer tirer une force de résistance pour la fois suivante. De fait, il n'en était rien, le naufrage avait lieu, seul le temps pour sombrer variait. Depuis que ma voisine d'en face était apparue, je me cachais pour lui épargner le spectacle de mon ingurgitation compulsive, elle qui délicatement présentait un aliment qu'elle ne consommait jamais, comme pour me montrer le chemin de la volonté et du renoncement. Contrairement à ce que j'avais cru au départ, je remarquai que l'affiche faisait l'apologie de l'abstinence orale. La minceur est le degré zéro de l'être bouffeur, un alpha précurseur qu'aucun oméga ne viendra perturber. Les aliments sont une virtualité énergétique et ne peuvent altérer le corps qui les reçoit.

Après le départ de la femme de ménage, je me suis précipité dans la cuisine. Il était là, trônant sur le meuble, seul après le rangement du lieu. L'entour par sa large robe de papier lui donnait des allures de débutante avant le bal. Le mince ruban retombait comme des boucles à l'anglaise pour venir frôler le bord de la crédence. Mon désir allait croissant, mais j'étais partagé entre l'envie de déchirer le papier et me soulager dans l'instant ou de patienter afin de retarder mon plaisir. Je m'approchai lentement du paquet, tendis la main vers le ruban pour le dénouer mais je m'arrêtai. Je constatai que le rideau l'empêcherait d'assister à la scène. Je fis les quelques pas jusqu'à la fenêtre, tirai le voile qui nous séparait et la fixai droit dans les yeux. Qu'attendait-elle de moi ? Comment devais-je me comporter ? Me montrer tel que je suis depuis si longtemps, glouton sans limites, ou bien faire montre de tempérance comme je le supposais chez elle ? L'intensité de notre échange tenait d'un bras de fer dans lequel les énergies ne s'affronteraient pas pour s'annihiler mais s'adjoindre. Nulle consigne n'est sortie de notre face-à-face. Laissé à moi-même, je retournai vers le paquet. Je saisis avec délicatesse le nœud qui cravatait sa pointe jusqu'à l'étranglement. Mes gros doigts trouvaient pour cette tâche une précision et une grâce inattendues. Lorsque le lien céda, je déroulai le pliage qui assurait la fermeture et la finition de la présentation, ce qui me permit d'entrevoir, dans l'échancrure, l'empilement prometteur du mille-feuille. C'est après l'avoir totalement mis à nu que je remarquai combien il était élégant par la légèreté des feuilles et la souplesse de la crème qui contribue à la régularité impeccable des bords. La couche fine de sucre glace, tel le fard d'albâtre d'une geisha, lui assure une protection plus attirante qu'efficace contre son prédateur. À ce moment, il me restait à choisir entre l'attaque par les dents ou la petite cuillère, les unes brutales et avides, l'autre s'enfonçant mollement dans l'épaisseur de sa chair tendre et soumise. Je jetai un rapide coup d'œil vers la fenêtre ; impassible, presque distante, elle n'avait cessé de m'observer. J'optai pour la petite cuillère et j'abîmai le premier bord du mille-feuille, le galbe tranchant de la cuillère ne rencontra qu'une faible résistance, bientôt un pan, telle la banquise qui se rompt, se détacha du reste du gâteau pour trouver refuge dans la concavité du couvert. La reddition approchait, bientôt il ne resterait que quelques miettes éparses sur le plan de travail puisque, trop impatient, j'avais lâché l'ustensile pour me précipiter sur la pâtisserie, je la brutalisais à chaque bouchée avalée dans une hâte extrême, sans répit, aucune trêve ne pourrait retarder son engloutissement.

La pluie s'était mise à tomber et giflait avec colère les vitres de la cuisine, les gouttes compactes s'écrasaient en rafales violentes et obstinées sur cet obstacle invisible comme l'insecte butine à mort la lampe incandescente. Au plus fort de l'averse, son visage se noyait ou se trouvait remodelé, allongé par les caprices du ruissellement empruntant à Masaccio les traits tendus et désespérés d'Ève chassée du Paradis. À la faveur d'un répit, deux larges gouttes glissèrent sur les carreaux comme si elles s'échappaient de ses yeux pour se réfugier dans la commissure des lèvres ; j'imaginai qu'elle pleurait. Les paumes à plat, j'y enfouis ma figure pour être rapidement secoué par une quinte de rire en grelot, la piteuse exhibition que je venais de lui présenter avait eu le don de l'émouvoir alors même que je me trouvais au plus fort de ma détestation. Elle me témoignait la compassion et l'indulgence que je me refusais depuis toujours, coupable de ne pas me plier à ce que d'aucuns présentent comme une discipline élémentaire, mieux encore une hygiène de vie, hymne naturaliste aux bienfaits vertueux des équilibres ; coupable de l'impudeur sans partage de la goinfrerie alors que la majorité des hommes survivraient des reliefs de mes repas ; coupable de ne pas suivre les conseils bienveillants du professeur de Baillancourt alors même que je lui réclame son aide et ses soins ; coupable enfin de ne pas faire acte de contrition pour l'ensemble de mon inconduite, et qu'importe la souffrance que j'endure puisqu'elle n'est que de mon fait. Je ne puis me considérer comme une victime puisque je suis d'abord mon propre tourmenteur, toutes les formes de plainte deviennent irrecevables.

Une fine pluie régulière succéda aux trombes. L'apaisement vint progressivement, au rythme du cliquetis feutré de l'eau qui se brise sur les obstacles qu'elle rencontre jusqu'au pavement pour se perdre dans les bouches avides des égouts. Je m'étais réfugié dans le bureau, calé dans le fauteuil, la pénombre m'enveloppait pour me rasséréner. La lumière des réverbères sautait de goutte en goutte jusqu'à elle, sa chair voilée de pluie prenait des reflets de moire, elle évoquait toutes les femmes sortant du bain, il ne restait à sa robe gorgée d'eau qu'à glisser pour les rejoindre dans la plénitude fascinante et désirable de la nudité.

Notre face-à-face reprit, âpre, chargé des reproches que je m'adressais et dont je supposais qu'ils n'étaient que la traduction des siens. Depuis plusieurs nuits, j'avais renoncé à fréquenter mon lit, de fait j'avais transporté mon assistance respiratoire dans le bureau, près de mon fauteuil, je remplis un verre d'eau que je plaçai sur l'auréole que le premier avait faite sur la table de travail – Olga me tiendrait peut-être moins rigueur d'épouser scrupuleusement la trace initiale –, je posai le comprimé de somnifère à portée de main, à proximité du verre, le moment voulu il ne me resterait qu'à m'en saisir et l'avaler avec une gorgée d'eau. Le sommeil me prit à son gré, vaincu par la fixité de son regard que rien ne faisait ciller.

VII

La salle de bains nous accueillit, Isabelle et moi, dans son exiguïté familière pour la toilette quotidienne. Isabelle portait un large pantalon couleur sable qui ondoyait au rythme de ses hanches, et un pull-over grège à col boule. Elle avait rehaussé son visage avec un maquillage dans des nuances mordorées recherchées qui complétait avec harmonie l'ensemble. Chose surprenante, car inhabituelle, un fard à lèvres soulignait avec un peu d'insolence la courbe mutine et combien féminine de sa bouche. Isabelle m'étonna par l'éclat soudain qu'elle avait mis à soigner son apparence. Pour un peu je me serais surpris à croire que cette transformation m'était destinée, qu'elle procédait peut-être même d'une rivalité avec ma voisine d'en face après qu'Isabelle eut percé le secret de notre lien. Je brûlais de la complimenter mais un coup d'œil dans la glace me permit de me rendre compte du grotesque de la situation, j'étais nu, engoncé dans la multitude de mes plis, le témoin de ma masculinité caché au fond d'un amas de chair glabre et indistincte, tandis qu'une femme ravissante, légère comme la fée Clochette, virevoltait autour de moi, et je m'apprêtais pauvre fou que j'étais à emprunter pour elle le chemin incertain du badinage. La réalité du spectacle que j'offrais était d'autant plus abrupte que je ne me souviens pas d'avoir été, même par erreur, le sujet d'une quelconque manœuvre de séduction depuis que je suis en âge d'y rêver. Je dis même par erreur puisqu'il ne manque pas d'êtres qui par pénitence, par défi ou par inconsistance personnelle confondent le sens de leur vie avec la constance uniforme de vouloir le bien d'autrui quel qu'en soit le prix. J'aurais pu bénéficier d'une de ces charités bien pesées et être approché sinon désiré pour la seule vertu de considérer mon obésité comme une petite déviance de la norme qu'il convient de ne pas repousser. Le destin revêt tous les masques de la comédie vénitienne, pour certains l'élégance du prince, pour d'autres, dont je suis, le comique parfois pathétique de la roture des formes. Si ce sont les seconds à qui l'on fait l'aumône de la compassion pour chasser d'un « le pauvre » la peur d'y ressembler, pour autant je n'ai pas bénéficié de la charité d'une simulation d'attachement amoureux à l'heure où j'en aurais eu le plus besoin.

C'est Isabelle qui rompit le silence.

–Je vous trouve bien secret ce matin. Des soucis ?

– Non, pas des soucis. Je cherche juste mon chemin au milieu d'un labyrinthe dans lequel je n'aurais pas dû entrer.

– Vous connaissez le principe du labyrinthe ? C'est de confondre l'entrée et la sortie. Sa raison d'être se résume essentiellement aux péripéties que vous affrontez pendant tout le temps du passage.

Pendant qu'elle parlait, Isabelle frottait mon dos énergiquement comme le faisait ma mère lorsque, enfant, je sortais du bain et qu'elle me séchait dans une grande serviette un peu rêche jusqu'à ce que ma peau rougisse.

Mal à l'aise, je changeais de sujet.

– Ce matin en vous voyant, je pensai que l'automne avait trouvé une bien belle ambassade.

– Merci. C'est un beau compliment. C'est la proximité de la demoiselle dehors qui vous rend si galant ?

Sa question s'était achevée par un beau rire espiègle qui me prit de court.

– Vous vous moquez de moi. Je ne comprends pas ce que vous voulez dire. Comment voulez-vous qu'une image publicitaire me transforme en galant homme ?

Je me rendais bien compte que ma réponse manquait d'assurance. Elle non plus n'était pas dupe. Elle poussa son avantage.

– Pas en galant homme, non. En homme tout simplement. Un homme pris trop facilement dans le jeu féminin des apparences. Un homme tout prêt à se faire croquer comme une petite barre de chocolat.

L'embarras d'avoir été percé à jour et l'incapacité à argumenter le bien-fondé de mon attente firent que je me départis de mon assurance. Isabelle avait raison, j'étais le jouet d'une féminité dont j'ignorais les règles, fussent-elles élémentaires. Ma mère ne m'avait instruit sur le sujet que pour me mettre en garde des roueries potentielles que les femmes pouvaient mettre en œuvre pour vous capter dans leurs rets. Dès lors j'ai cru sans barguigner qu'il convenait d'accepter ce que l'expérience maternelle me transmettait. J'avoue que je n'ai pas eu le loisir de démentir les propos de ma mère en raison du peu de rapports que j'ai eu à entretenir avec la gent féminine. Lorsque j'enseignais, mes relations se résumaient aux cordialités d'usage le matin et à la fin des journées de travail. Je ne fréquentais pas la salle à manger des professeurs, car je ne souhaitais pas que quiconque fût témoin de mes repas pour ne pas donner matière à des regards entendus entre les convives. Certes, j'avais la certitude qu'ils ne se manifesteraient pas par des réflexions, mais je connais trop bien l'évaluation rapide de votre plateau, s'il est copieux il traduit l'équation simpliste et réprobatrice : pas étonnant qu'il soit gros, vu ce qu'il mange ! Peu garni, c'est que vous vous êtes empiffré avant ou que vous le ferez après.

Mes collègues femmes ne me prêtaient aucun intérêt, pas plus qu'elles ne me témoignaient d'hostilité, le paradoxe fut que j'étais transparent. Dénuée de marivaudage, ma conversation souffrait pourtant la comparaison avec celle des autres. Je m'entretenais de littérature ou d'art – mes principaux centres d'intérêt –, ce qui me permit le plus souvent de récolter une approbation polie mais toujours distante. Force est de constater que je n'exerçais aucune attraction auprès des femmes.

Isabelle reprit :

– Alors, vous avez remarqué que je m'étais maquillée ce matin. Ne me dites pas le contraire. Pas après le compliment que vous venez de me faire. Vous voulez savoir pourquoi ?

Je protestai sans convaincre que, par nature, je ne m'immisçais pas volontiers dans la vie des autres, chacun avait toujours les meilleures raisons de faire ce qu'il faisait.

Elle continua :

– Pourtant vous vous posez des questions.

Je pris du temps avant de répondre, j'étais hésitant sur la tournure que prenait notre conversation. Devais-je avouer à Isabelle ce qui m'était passé par la tête ? Je décidai d'éluder :

– C'est vrai, ce matin j'ai vu que vous étiez maquillée. Mais je n'ai pas cherché à savoir pourquoi.

– Vous avez déjà été amoureux ? Je suis peut-être trop indiscrète ?

Les propos d'Isabelle m'embarrassaient. À ma grande surprise j'acceptai de lui répondre. Elle était la seule personne qui m'inspirait de la confiance et, je le suppose, ne tenait plus compte de mon apparence.

– Une fois, oui.

– Alors vous pouvez comprendre pourquoi je suis maquillée.

Elle n'alla pas plus loin. Elle me sourit plusieurs fois tandis qu'elle rangeait son matériel, puis quitta l'appartement avec un « à demain » joyeux.

Après le départ de l'infirmière j'allai à la fenêtre de la cuisine. Était-ce pour me rassurer ? Était-ce pour la solliciter comme on le ferait avec une confidente ? Elle me fixait avec une intensité figée. Était-elle surprise de ma conduite ? Voulait-elle me signifier les dangers que je courais à gambader trop librement sur des landes qui m'étaient peu familières ? Je restai une bonne heure les yeux dans les yeux avec elle, je ne voyais plus la maudite barre, plus son corps à demi dénudé ni sa robe qui semblait glisser, seuls son visage et son regard existaient. Ce n'était plus une femme, était-ce une conscience qui cherchait à me piloter avec une grande bienveillance ? De vives douleurs dans les genoux et l'angle du plan de travail qui pénétrait sournoisement dans mon dos eurent raison de notre échange muet. Dès que je quittai la cuisine, l'angoisse de la séparation me saisit de nouveau, pour combien de temps encore pourrais-je bénéficier de ce vis-à-vis quotidien devenu nécessaire ? En connaître l'échéance, tout comme celle de ma mort, modifierait-il l'immutabilité de ma vie ? Je n'en étais pas assuré. Isabelle passerait chaque matin, nous changerions quotidiennement l'ordre de ma toilette, la femme de ménage s'occuperait sans bruit de rendre l'appartement agréable, ma mère continuerait de me faire payer la médiocrité actuelle de son existence, et j'alternerais frénésie à ingurgiter et lutte pour me restreindre. À quoi bon connaître le jour ultime où notre relation toucherait à son terme ?

Pour me confronter avec la réalité la plus brutale de ma solitude, de mon incapacité à me dessiner un avenir, de l'inutilité de mon être, je m'enfermai dans les toilettes en ayant pris soin de fixer préalablement le petit miroir – je m'affligeais régulièrement des vexations afin de ne pas cultiver une quelconque espérance. Mon sexe en berne, mes bourses fripées faute d'être sollicitées, un environnement de bourrelets graisseux dont certains parés d'une rougeur liée au frottement, la vision avilissante de mon corps captif du réduit des toilettes dans lequel je m'enfonçais presque comme un lapin dans sa terrine, la morsure morale chaque fois que je constatais l'inutilité permanente de mon appendice sexuel m'affligèrent sans indulgence. Lors de notre séjour à Florence j'avais été amusé au jardin de Boboli par la statue de Morgante, un homme de petite taille, obèse chevauchant une tortue, l'extrémité de son pénis reposant sur la carapace de l'animal. Il se dégageait de l'ensemble une certaine solennité, Morgante avait trouvé une monture insolite adaptée à sa corpulence.

Pour me consoler de l'abstinence, comme l'enfant se confie à son ours, je me rabâchais ce qui aurait pu être une leçon de choses et que j'avais lu dans une revue, à savoir qu'un homme passe en moyenne cinquante mille heures de sa vie en érection, mais que seulement cinq pour cent de ce temps est employé pour les rapports sexuels. Pourquoi ne pas considérer qu'à quatre-vingt-quinze pour cent j'étais un homme normal, et que je pouvais me satisfaire d'un score plutôt flatteur ?

La constatation statistique prouvait que je n'avais presque rien à envier aux autres hommes. Je quittai à reculons les toilettes en emportant le miroir pour le briser dans la poubelle.

Un court sommeil apaisa ma rancœur. La teneur de l'échange avec Isabelle m'avait troublé, faisant surgir des souvenirs que je m'astreignais à enfouir. Maintenant qu'ils envahissaient la place, je ne chercherais pas à les assujettir mais je les exposerais. J'entrepris d'écrire, remettant le déjeuner à plus tard.

Chère Velata,

Le dénouement de notre relation approche et il me reste tant de choses à vous confier, disposerai-je d'assez de temps pour m'en acquitter comme je le souhaite ? Ne sommes-nous pas confrontés à une aporie, privés d'issue quoi que nous espérions l'un l'autre ? Pour autant j'ai prévu de vous écrire ce que je tiens pour l'essentiel de ma morne vie. Je ne me plains pas de la noria de mes journées, le ressassement est une école qui conduit à ne porter intérêt qu'aux minimes variations des éléments du quotidien, aujourd'hui la présentation de l'infirmière, hier la délicatesse de ma femme de ménage, vos larmes de pluie et l'émotion que j'en éprouvai, demain une visite chez le professeur de Baillancourt qui m'accueillera avec délicatesse pour me prodiguer une fois encore ses conseils.

À la faveur de ma toilette du matin, j'ai eu à me souvenir de mon unique histoire d'amour. Malgré votre jeune âge je vous prête plus d'aventures amoureuses que je ne peux réussir à en avouer. Les avantages de votre physique ont dû contribuer à ce que vous soyez courtisée au-delà même de vos attentes. Par contraste, l'aveu du seul amour que j'ai partagé relève d'une candeur dont j'attends que vous me pardonniez.

J'étais déjà enseignant et encore capable de me rendre au lycée par les transports en commun bien que l'usage du métro fût une réelle difficulté, l'aller-retour me coûtait un nombre invraisemblable de déboires physiques : douleurs des articulations qui s'atténuaient au cours de la journée pour reprendre de plus belle sur le chemin du retour, sudation excessive qui pouvait me transformer en serpillière mal essorée, embarras pour conquérir l'espace minimal nécessaire avec en prime le poids de la réprobation silencieuse.

Pourtant je n'ai jamais renoncé à utiliser ce mode de transport, j'avais la compensation d'assister matin et soir à un ballet singulier à l'insu des danseurs. Mon regard s'attardait sur toutes les fesses qui me dépassaient. Le train de gastéropode que m'imposait ma corpulence me donnait tout le loisir de jouir du spectacle puisque j'étais régulièrement dépassé par une cohorte de couples de danseuses improvisées. Certaines minimalistes, restreintes aux frontières trop étroites du pantalon, montées sur talons, à peine secouées par un pas court en staccato : tac, tac, tac, tac... Deux temps rapides, secs et martelés pour avaler le couloir jusqu'au quai. D'autres épanouies, presque rieuses, contrastant avec le reste du corps plus menu, elles prennent leurs aises, animées d'un mouvement pendulaire latéral venant compléter celui vertical de base, elles se meuvent avec l'amplitude musicale d'un largo. Rien ne distinguait les danseuses qui aurait justifié que je m'intéresse à la personne auxquelles elles appartenaient, il ne s'agissait que de saisir, le temps de mon trajet, le grand spectacle dans lequel les instruments pris individuellement participaient de la réussite d'un ensemble.

Un matin, mon œil s'attarda sur un solo. Le balancement régulier des hanches, l'ascension alternative d'un globe puis de l'autre sur un rythme parfait, le flottement de la jupe qui en résultait retinrent mon attention, en fait je ne quittais plus des yeux ce postérieur magnifique. Il n'était pas à proprement parler conforme aux canons de l'académisme, il était mieux, il vivait.

Pendant plusieurs jours je le vis me dépasser, produisant la même jubilation, puis un glissement s'opéra, qui était la femme qui promenait avec autant d'élégance sa tournure ? Devant l'intérêt croissant qu'elle suscitait j'anticipais chaque jour mon départ, même ceux où je ne travaillais pas, ce qui me permettait de recomposer son trajet tronçon par tronçon. Je me postais le plus possible en aval du point où je l'avais perdue la veille, ce qui me donna le plaisir de la découvrir de face. Bien qu'inévitablement dépassé par son rythme je marchais le plus vite possible puis la poursuivais du regard jusqu'à la perdre. Je mis un mois à reconstituer son parcours matinal jusqu'à son lieu de travail, une bibliothèque d'arrondissement de notre ville.

C'était une femme brune d'une trentaine d'années, sans fantaisie de visage bien que ses traits fussent réguliers, ses cheveux mi-longs retombaient sagement le plus souvent sur un pull cardigan, son manteau plié sur l'avant-bras droit – il était enfilé dans l'escalier qui conduisait à la sortie du métro –, elle ne semblait pas tenir compte de l'environnement, à tel point qu'elle me dirait ne pas avoir remarqué mon manège lorsque je lui en ferais part. Le mouvement lui donnait une fluidité rare, son corps semblait éviter d'invisibles obstacles, il se coulait dans l'air comme en apesanteur, ce qui lui conférait une grâce exceptionnelle.

L'obstination que je mis à la suivre me la rendit familière avant de m'y attacher, sans éprouver encore de sentiment amoureux. Il ne me restait plus qu'à l'aborder et vous pouvez concevoir l'embarras dans lequel je me trouvais. Ma fortune viendra de mon goût précoce pour les livres dont le plaisir reste aujourd'hui entier. Je garde de mon enfance un souvenir tactile et auditif des premiers contacts avec la bibliothèque familiale. Aussi loin que ma mémoire me porte, tout a commencé par le craquement délicat de gaufrette que produisait le froissement du papier cristal dont mes parents entouraient les livres. Translucide, jaunissant avec le temps, dans sa mauvaise transparence et par une lecture de myope, il ne laissait apercevoir que le titre, en lettres épaisses et noires, sur une austère jaquette cartonnée.

Le temps me fait défaut pour poursuivre aujourd'hui l'histoire de mon amour, je vous promets de vous en relater la fin dans ma prochaine lettre. Ne m'en veuillez pas mais je dois confier cette missive aux bons soins de ma femme de ménage qui termine son travail.

Je ne manquerai pas de vous tenir compagnie pour la nuit à venir.

Votre sincère admirateur,

Aimé

L'enveloppe close, je fis à Olga les recommandations d'usage pour l'acheminement de la lettre à la poste centrale. Quelle destinée lui sera réservée ? Combien de temps restera-t-elle en attente ? Les précédentes ont-elles rejoint un lieu que j'imagine être celui des basses œuvres où se décide sommairement la fin des publicités, des lettres dont le destinataire est inconnu ou décédé, dont l'adresse est illisible ou erronée, celles qui, comme les miennes, ne seront jamais réclamées, mais toutes vouées à finir hachées par un grand découpeur de feuilles gavé d'épaves papetières griffonnées sans discrimination d'origine, de typographie ou de contenu ? Mes premières lettres ont-elles déjà subi l'ingurgitation du monstre papivore ? Qu'importe le sort qu'elles subissent, je ne peux nourrir de regrets, je ne disposais d'aucun autre choix que de lui écrire, m'en remettre à elle qui, par l'intérêt qu'elle m'avait témoigné d'emblée, s'était désignée comme la seule susceptible de me lire et m'accueillir.

La préparation du dîner me prit une heure, depuis plusieurs semaines je n'avais pas cuisiné, mais ce soir j'avais décidé de m'offrir un repas plus recherché. Au cours de l'élaboration des deux paupiettes de veau farcies aux girolles qui constituaient le plat principal, je me tournai régulièrement vers elle afin de m'assurer de sa complicité gourmande. Un potage aux grenouilles en entrée complétait le menu ainsi qu'un crépiau aux pommes confites pour le dessert. Je fis en sorte de cuisiner pour deux personnes, je dressai la table avec deux couverts et m'installai face à elle, qui était virtuellement mon invitée. En lui faisant la conversation qui convient à un tête-à-tête, je consommai avec application chacune des deux portions arrosées d'une bouteille de sancerre rouge. À la fin du dîner j'allai la remercier d'avoir accepté mon invitation, je la saluai une dernière fois avant de m'installer dans le fauteuil du bureau pour commencer le rituel de ma nuit : verre d'eau, deux comprimés de somnifère et mise en marche de mon assistance respiratoire.

Le lendemain au petit matin, alors que la lumière hésitait encore à se saisir de la ville, je repris ma lettre.

Chère Velata,

Notre dîner fut la source d'un moment précieux qui conforte ma confiance pour continuer à vous confier la suite de la rencontre que je fis avec notre bibliothécaire.

Comme je vous en faisais part les livres furent dès l'enfance une source d'émerveillement et de consolation, les bibliothèques étaient des espaces familiers que je fréquentais très souvent et qui, de ce fait, ne suscitaient aucune appréhension pour y entrer et y circuler. Je me présentai sous le prétexte de l'emprunt d'un ouvrage japonais que je savais introuvable sur le code d'honneur des samouraïs. Les probables difficultés de recherche qu'elle rencontrerait pour trouver le traité me permettaient d'envisager de revenir plusieurs fois et ainsi faciliter la relation. La certitude satisfaite de ma stratégie fut quelque peu ébranlée lorsqu'elle s'étonna de mon intérêt pour le sujet et m'avoua ne nourrir aucune curiosité pour les traités sur le bushido, l'art du sabre et de façon plus générale sur les ouvrages guerriers. Par sa réticence je craignis de voir s'éloigner la perspective de plus d'intimité et, gêné, je lui avouai ma supercherie, son visage s'anima d'un sourire délicieux. Son attitude simple et ouverte me déconcerta au point de signer une reddition sans contrepartie, je m'attendais à une attitude de repli et de réprobation, je rentrais par effraction dans sa vie et elle était en droit de me le rappeler, pourtant elle souriait sans l'ombre d'un reproche.

À plusieurs reprises nous nous vîmes en nous amusant du fameux traité d'éthique des samouraïs toujours introuvable. J'osai lui proposer de l'attendre à la sortie de son travail, elle accepta pour le soir même. Il se dégageait d'elle un profond naturel, une aptitude à la spontanéité et une naïveté réconfortante face à la vie. Nous fîmes régulièrement le trajet du retour ensemble et elle me taquinait sur mon train de sénateur, elle comparait notre périple à une visite du métro au rythme d'un canotier des Hortillonnages. C'était la première fois que mon obésité était source de badinage, de légèreté et de dérision. Après plusieurs jours de déambulation commune et joyeuse, un soir elle me proposa de venir dîner chez elle. L'envie d'accepter était très grande mais je fus pris de panique à l'idée qu'elle soit témoin d'un de mes repas, cela faisait des années que je m'alimentais seul en prenant soin de me soustraire à tout regard. Elle sentit mon hésitation sans en connaître la nature, pour me rassurer elle me dit que nous pourrions nous amuser à dîner dans le noir. Après avoir dressé la table, ce fut un chahut de verres renversés, de plats saisis à tâtons, de rires francs et au final une nappe rendue pareille à un champ de bataille. Je finis la nuit chez elle.

Les semaines passèrent dans ce climat espiègle et libéré, je prenais avec la plus grande des émotions la mesure du jeu amoureux et sexuel qui révélait, comme le proclamait Michel-Ange, la plastique de ma pierre cor-

porelle en dégageant le superflu. Dès l'adolescence, j'ai rêvé de la dissipation des corps mais j'appris à y renoncer trop tôt, engoncé dans la pelisse de mon énormité, pour la première fois de ma vie une femme m'a permis de cesser de penser que l'écriture de mon corps ne se faisait que dans l'épaisseur du trait, qu'elle était un plein continu sans déliés. Une nuit, elle me chuchotera que la maigreur confisque le désir, qu'elle restreint à une surface minimum le plaisir possible de la chair, pareille aux duellistes qui jadis, en exposant leur strict profil à la balle adverse, réduisaient à l'extrême la cible de leur adversaire. Cela me fit penser à ma mère qui est une femme sèche, sa maigreur est pour moi un reproche vertical permanent comme le serait à l'horizontale une femme frigide. Elle souffre de sécheresse du cœur comme du corps.

Je vous ai invitée au bal des insensés, vous dansâtes en robe légère,

La gaieté vous va si bien!

Je vous ai conviée au festin des insensés, vous vîntes vêtue de chair,

La nudité vous va si bien!

Je vous ai invitée au lit des insensés, vous vous abandonnâtes,

La liberté vous va si bien!

Nous échangeâmes de nombreux billets – l'épistolaire complétait la parole comme elle le fait aujourd'hui pour nous –, liens éphémères et illusoires qui alimentent l'utopie de fusion des amants. Nous n'échappions pas à l'espérance et à l'inquiétude du lendemain, toutes deux mêlées.

Une mutation, un rapprochement familial dont j'ignorais tout, des points de suspension pour les dernières phrases de notre histoire, une nouvelle adresse dans une ville réduite à un nom, quelques promesses sans conviction, une fin simple pour un amour saigné sans un cri. La dernière nuit je me sentis caressé comme un chien qui va crever, le souffle maigre, ma vie devenait un presque rien qui ne porte plus d'espoir.

À longueur des insomnies qui en résultèrent je la remerciais du don qu'elle m'avait fait. J'avais la tête pleine d'elle, tel l'analphabète en appétit de connaissance je relisais inlassablement toutes les lignes de son corps de façon compulsive, avec tant d'avidité pour cette lecture charnelle que je renonçais à la ponctuation. Je lisais d'une traite jusqu'à l'essoufflement, puis je reprenais des passages entiers pour marteler ma mémoire tant je redoutais l'évanescence du souvenir que j'avais d'elle. Longtemps après, gagnés de lassitude, mes doigts renon-

cèrent au parcours virtuel de ce corps dont les vibrations m'avaient porté aux confins du désir.

Je ne lui écrivis pas, je déchirai la page d'agenda sur laquelle figurait son adresse, je savais que mon chemin serait de quitter l'état amoureux pour la nostalgie sentimentale, et pourquoi pas un jour être heureux d'avoir échappé à l'amour ménager, celui qui contraint les êtres à l'économie des sentiments pour durer, économie dérisoire alors que chaque jour qui passe se gâche pour ne pas avoir su se gaspiller.

Voilà une histoire qui ne donne pas matière à l'étourdissement, une bien petite secousse au regard du grand Tout, sa seule raison de vous avoir été dite c'est qu'il s'agit de la mienne. Ne prenez pas prétexte de sa banalité pour me retirer votre généreuse attention.

Votre Aimé

Pendant de longues minutes j'ai repensé à notre histoire, je ne pouvais me détacher de l'évocation des heures heureuses que nous avions partagées, de l'insouciance qui, pour la première fois de ma vie, m'avait tenu compagnie, de la générosité de ses baisers, des frissons de mon dos lorsqu'elle m'attrapait fermement les épaules, des rires qui accompagnaient ses imitations lorsqu'elle glissait sous son pull-over des coussins et un oreiller pour marcher en pingouin comme je le fais encore maintenant, essuyant son front et soufflant à chaque pas qui semblait lui coûter autant que la charité pour un avaricieux. Je demeurai longuement en apesanteur, absent de mon corps, à dériver entre un passé heureux mais perdu et un présent émouvant mais incertain.

La ville commença à s'ébrouer, elle venait de se débarrasser de ses derniers lambeaux d'obscurité, je me suis appuyé contre le châssis de la fenêtre du bureau pour observer les premiers mouvements de la rue. Le vent devait être assez vif pour contraindre les silhouettes à progresser le buste légèrement incliné vers l'avant en laissant flotter derrière elles les pans de leur vêtement de pluie. Une automobile se gara à l'aplomb de l'immeuble, deux enfants et un couple en sortirent. Une femme brune, la quarantaine agréable, après avoir ouvert le coffre en sortit deux valises rouges tandis que son mari tenait nonchalamment le hayon. Ils ne se parlaient pas, distants l'un de l'autre de la largeur de l'automobile. Deux enfants jouaient sur le trottoir, un garçon et une petite fille vêtue d'un pantalon écossais, aucun des deux ne se préoccupait de leurs parents silencieux. De quel voyage revenaient-ils ? Pourquoi ne se parlaient-ils pas ? Pourquoi ce fut elle et non lui qui porta les deux valises rouges jusqu'à l'entrée ? C'étaient mes voisins, j'imaginai qu'un espace mort les séparait, qu'ils se consumaient dans le temps à crédit de l'amour ménager. Même si nous partageons le palier je ne sais rien d'eux, les rencontres se font parfois à la faveur de mes visites à Baillancourt, elles se résument à un échange de bonjours polis. À les observer, je me convaincs d'avoir eu la chance d'échapper à une promiscuité de vie dont la proximité aurait été à jamais perdue. À les observer, j'étais consolé de mon existence minuscule et solitaire.

VIII

Dès le début de l'après-midi j'appelai ma mère. Bien que je sache qu'à cette heure je risquais d'interrompre sa sieste. L'impatience à les posséder me conduisit à bousculer ce qu'elle affirme être une nécessité pour sa santé et la marque ostentatoire de sa lassitude. Il fallut plusieurs sonneries avant qu'elle réponde d'une voix pâteuse qui témoignait que j'avais vu juste. Je n'étais pas mécontent de la réveiller. Elle-même n'hésitait pas à malmener mon emploi du temps. Je lui demandai des photographies de mon père – la seule que je possédais était de médiocre facture. Un silence succéda à ma demande. Au-delà de la surprise, elle devait s'interroger sur ce qui lui apparaissait sans doute comme une incongruité, une nouvelle extravagance de ma part. Pourquoi éprouvai-je brusquement le besoin de posséder des photographies de mon père ? En quoi l'iconographie paternelle était à ce point une urgence qui ne souffrait aucune attente ?

Je dois avouer qu'il m'était impossible de le justifier. C'était un impératif, et à la réflexion il fallait que je le revoie, nonchalant, presque absent, la cigarette suspendue comme un baiser à ses lèvres, l'esprit vagabond, loin d'elle, loin de moi, posant pour faire plaisir et vaguement enthousiaste pour le rôle qu'on lui faisait jouer. Il était ailleurs, en errance d'esprit, là où son fils aurait eu à chercher vainement sa place. Combien de photographies le représenteraient comme j'en rapporte le souvenir ? Était-ce une construction chimérique de ma mémoire bien loin d'une réalité qui m'aurait en son temps échappé ?

Après avoir raccroché, j'appréciai le soulagement d'avoir pu lui dire mon désir. Pourquoi confisquerait-elle les images de mon père ? Au nom de quoi lui appartiendrait-il davantage qu'à moi ? Enfant, j'ai lutté autant qu'elle pour capter son attention, pour qu'il pose un regard intéressé et affectueux sur mes jeux, mes premiers résultats scolaires, mes yeux embués de larmes quand l'injustice du monde m'avait frappé. Je suis venu à son contact lorsqu'il était assis dans un fauteuil, ainsi sous sa protection j'ai ressenti la force de son bras au travers de la chemise. Tout comme elle, et pour d'autres motifs, j'ai guetté son arrivée dans l'escalier avant de me réfugier en courant dans la cuisine afin qu'il ne croie pas que je l'attendais avec une trop grande impatience. Parfois, il m'appelait pour m'ébouriffer les cheveux de façon maladroite tant elle se voulait virile, pour autant la maladresse de son geste suffisait à me donner du bonheur pour des jours. J'ai compris plus tard que les mots lui faisaient défaut, il les maniait avec parcimonie, comme s'ils se faisaient rares. La vérité relève cruellement de la lassitude qu'il éprouvait à vivre et du peu de goût qu'il avait de ma présence.

J'ai trop attendu, je suis dans la hâte et refuse qu'elle me le confisque à la seule fin de colmater son manque, d'entretenir à mes dépens son théâtre d'ombres et de chagrin.

Elle et moi livrons le même combat, à l'heure où la vieillesse est sa compagne, la vacuité la mienne, elle s'interroge encore sur les étreintes dont elle a rêvé en vain, quant à moi je comptabilise les maigres câlins et les baisers fugaces et sans chair qu'enfant j'ai reçus pour solde de toute tendresse. Pourquoi m'a-t-il privé de la joie de me sentir beau dans le reflet de ses yeux ? Ma mère et moi l'aimions d'un amour angoissé et désespéré.

Depuis la mort de mon père, je n'ai pas cessé de maltraiter ma mère. Je la maltraite pour avoir œuvré sans relâche à confisquer mon père pour elle seule comme sa chose amoureuse alors que j'en avais un besoin infini et indicible. Je la maltraite pour l'enfant oublié que je suis encore aujourd'hui, pour cette absence d'espace que leurs accordailles glaciales et agoniques n'avaient pas voulu me faire entre eux deux. Je la maltraite pour les rêves écorchés, les attentes déçues, les consolations absentes, l'enfance confisquée, pour... pour les mots que je destinais à mon père et qu'il n'entendra jamais.

La soirée fut triste, la clarté du jour avait déserté depuis longtemps l'appartement pour rejoindre les coulisses de la nuit. J'ai traîné le fauteuil du bureau pour le rapprocher de la fenêtre, un rai de lumière balayait obliquement le parquet au ras de mes pieds, je les poussai alternativement sous le faisceau comme j'aime à le faire pour prolonger les bienfaits du premier jet frais de la douche avant qu'il ne tiédisse. Ainsi portés à l'avant-scène je les bougeai en cadence sous le feu de ce projecteur improvisé qui venait de la rue. La nudité de mes pieds, la boursouflure de leur dos pareille aux petits pains que Charlie Chaplin fit danser au bout des fourchettes leur donnaient l'apparence raccourcie de ceux bandés des femmes asiatiques, les orteils ayant pratiquement disparu. J'improvisai une danse dont le jeu innocent et infantile me divertit de la mélancolie qui m'avait agité.

Elle aussi fixait le ballet de mes pieds, je n'avais pas prêté attention à son regard qui semblait happé par les sautillements, les avancées ou les refus que l'un et l'autre engageaient pour construire cette farandole endiablée. Quelle fascination malsaine deux moignons de chair pouvaient-ils exercer sur elle ?

Bientôt les cuisses me firent mal, j'étais essoufflé, au bord de la nausée, et je dus renoncer aux entrechats de mes extrémités. À nouveau posés côte à côte, alignés sur les lattes du plancher, ils reprirent un ordonnancement qu'ils n'auraient jamais dû quitter. Ma vigilance n'avait pas été trompée par l'illusion que me procure encore le besoin naïf de fantaisie, bien que je sache que l'amertume ne trouve jamais l'onguent qui calme la morsure qu'elle suscite, pas même, comme ce soir, un éclat rieur d'enfance.

Nous fûmes de nouveau face à face, l'obscurité constituait le manteau le plus épais dont je puisse rêver pour cacher mon désarroi sans toutefois être dupe de la supercherie. Rien ne devait plus me protéger, ni l'épaisseur de la nuit, ni le retrait cultivé du monde qui m'entoure, ni l'adiposité croissante qui me sépare des autres. J'étais nu devant elle qui, dès le premier jour, avait mis ses pas dans mes pas alors que je descendais péniblement l'escalier, elle m'avait contraint sans violence à exhumer les pensées les plus douloureuses du tréfonds de mon être. Le fossoyeur des émotions que je suis n'a pas résisté à son insistance soutenue pour que je retrouve le chemin des larmes. J'avais cherché à m'égarer jusqu'à me quitter moi-même, désertion qui m'a mené si sûrement dans l'impasse où je me trouve aujourd'hui.

Sa peau avait les reflets de la moire chaque fois que le pinceau des phares d'automobile venait l'affleurer et je distinguai la palpitation irrégulière de ses seins avec cette caresse stroboscopique, le plat de son ventre qui mourait à l'échancrure de sa robe grenat prête à glisser et la courbe de son bras droit qui semblait abandonner le combat pour la retenir. Depuis notre première entrevue je ne m'étais fixé que sur son seul regard, j'avais négligé la fluidité de ses formes, leur expression offerte, la tentation de se saisir d'elle dans une compulsion frénétique. Je fus troublé de constater combien cette femme à laquelle je croyais être attachée du seul fait de l'affection oblative dont elle avait fait preuve à mon égard m'inspirait ce soir-là un réel désir charnel. L'irruption brutale d'une représentation érotique et le sentiment amoureux qui naissait conjointement modifiaient la nature de la relation que j'avais entretenue avec elle. La demande péremptoire des photographies de mon père et la fascination que l'affiche exerçait sur moi depuis des semaines m'avaient convaincu à tort que mon aptitude à aimer se trouvait ravalée à l'admiration béate et quasi mystique d'icônes de deux êtres désincarnés, l'un mort et l'autre sans vie.

À l'évidence, je devais admettre l'étrangeté de la situation qui réduit l'amour, la plus haute expression de mon affectivité, et le désir qui en résulte, à un affrontement nocturne et silencieux avec une femme virtuelle dont je me croyais l'élu, retranché jusqu'à l'étouffement dans la profondeur de mon écorce abdominale. La nuit une fois encore nous avait rapprochés pour une interminable disputatio muette mais intense d'une contemplation réciproque. La moindre variation d'éclairage la rendait si vivante, si charnelle, si complice de mon attente que j'y trouvais une quiétude sensuelle à laquelle je croyais ne plus devoir goûter. Enfant, la confiscation de l'idée du bonheur dès que j'eus réalisé la perte d'attrait que je constituais pour les autres avait détruit l'innocente suffisance juvénile que je cultivais d'un avenir conquérant et heureux. Renoncer au bonheur à l'âge où les autres l'espèrent, accueillir une part de ténèbres lorsqu'on aspire à la lumière m'avait exclu d'un monde dont je savais ne devoir jamais jouir totalement. À peine avait-elle commencé que j'apercevais déjà l'orée des promesses de ma vie, conscient que rien ne devait plus advenir quel que soit le temps qu'il me restait à vivre, j'étais déjà un vieillard au visage poupin, mafflu et lisse d'un putto injustement foudroyé par le dieu qu'il servait : l'espérance.

Au petit matin, la fraîcheur qui s'était glissée par l'entrebâillement de la fenêtre provoqua un violent frisson qui me réveilla en sursaut, je m'étais assoupi dans mon fauteuil, une vive douleur me parcourut le cou lorsque je voulus redresser ma tête qui tentait de prendre appui sur mon épaule droite sans parvenir à l'atteindre. La tension musculaire était à son comble et l'effort pour retrouver l'aplomb du crâne fit regimber avec une très sérieuse protestation l'ensemble des muscles du cou. Mes cuisses étaient tendues comme deux bouts de bois, les genoux enraidis m'empêchaient d'étendre les jambes. Meurtri, courbatu, mon corps refusait de se plier aux exigences que je lui imposais. La douleur avait fait de moi son fief, elle n'entendait pas l'abandonner sans condition, j'étais comme l'otage de mon propre corps.

Mon lit était devenu un accessoire de décoration. Je le désertais depuis plusieurs jours pour siéger nuitamment au centre de mon bureau jusqu'à l'épuisement qui, à l'aube et malgré que j'en eusse, me contraignait à céder au sommeil. Rien n'assombrissait ce tête-à-tête dont l'issue approchait bien que je ne puisse en déterminer la date, et l'ardeur que nous mettions dans cet échange témoignait de notre conscience de l'imminence de notre séparation. Par la nécessité absolue qui bouleversait mon être je goûtais nuit après nuit la douleur et la plénitude de l'abstinence d'un désir qui se trouve privé de sa satisfaction. La rue, tel un mitan de lit, me condamnait à une distance qui contribuait à rendre cette femme inaccessible et pour autant plus proche qu'elle ne l'avait jamais été, grâce à cette proximité sans contact je connaissais l'érotisme de l'éloignement. Devrais-je sombrer avec elle le jour où elle disparaîtrait ? Serais-je condamné à la chercher vainement sur ce mur après qu'un matin d'automne l'eut portée jusqu'à moi ?

Dans un assaut sans conviction, un pâle soleil avait envahi la majeure partie du bureau, bien que modeste cette inondation me parut excessive – la moindre lumière contribuait à rompre l'intimité croissante entre elle et moi –, j'abandonnai le terrain pour me réfugier dans ma chambre. Une fois l'appareil respiratoire en marche, je disposerais de quelques heures de sommeil avant qu'Isabelle ne passe. Le lit gémit sous la charge, les ressorts du sommier demandaient grâce chaque fois que je les mettais à l'épreuve de mon poids. La contrainte qu'ils subissaient nuit après nuit trouvait leur vengeance par les bruits répétés et infatigables qu'ils produisaient pour perturber mon sommeil. Alors qu'elle avait constitué il y a peu un refuge, la pièce m'était devenue étrangère, j'avais l'impression d'entrer dans une chambre d'hôtel au confort assuré, mais dont rien ne témoignait qu'elle fût habitée, et plus encore qu'elle l'ait été par moi. Indifférent à la perte d'une atmosphère familière, je ne tardai pas à m'endormir.

Isabelle était assise au bord du lit, sa main caressait doucement mon épaule : Réveillez-vous, c'est moi, c'est Isabelle, réveillez-vous. Je sentis la paume de sa main enserrer plus fortement le haut de mon épaule. Elle m'avait trouvé ainsi rencogné avant de quitter le sommeil sans bien comprendre que le retour à la conscience s'effectuait dans la chaleur que me prodiguait cette femme qui depuis si longtemps s'occupait de moi. Son sourire m'encourageait comme s'il s'agissait de reprendre appui pour des premiers pas après une longue maladie, l'impression d'immense faiblesse que j'éprouvais tenait en partie à ce qu'Isabelle me signifiait par sa bienveillante assistance : elle était là près de moi, uniquement pour moi, sensible à ma détresse. Je me tournai pour la fixer, son regard était vide, du vide qui accueille, celui qui ne demande qu'à se remplir de la souffrance de l'autre après avoir permis à la sienne de s'absenter pour offrir toute la place. Aucun voile dans ses yeux, rien que : Dites-moi, dites-moi ce qui vous arrive. Un simple et doux appel vers mes mots, appel à exprimer la morsure de ces dernières nuits, appel pour dire mes insomnies, appel serein en écho au tourment qui n'avait eu de cesse qu'il ne dévore les lambeaux de quiétude qui me restaient face au silence obstiné de la femme d'en face. Nous restâmes immobiles, n'osant ni l'un ni l'autre suspendre ce moment, conscients qu'il ne se reproduirait plus. Isabelle me souriait, distraite, comme une personne en partance dont le sourire constituerait pour l'être quitté l'ultime image du réel avant celles de la nostalgie. C'est à cet instant que je compris qu'Isabelle venait me dire adieu. Avant même qu'elle l'ait exprimé je devinais ses mots, je savais que ce matin serait la dernière toilette.

Elle esquissa machinalement une ou deux fois les contours de mon épaule, ses doigts parcouraient ma peau de façon automatique dans l'attente de qui parlerait le premier : elle pour m'annoncer son départ ou moi pour lui confier le secret de mes nuits sans sommeil. Elle dans la force de son devenir, moi dans la peur qui précède la fin. Son sourire devint plus franc, plus clair, comme s'il s'agissait de me communiquer la joie manifeste de sa vie, ses yeux finement soulignés d'un bouquet de rides m'encourageaient à me secouer pour me débarrasser du reste de gangue de sommeil qui me tenait encore captif. Elle essuya d'un revers de main les perles de sueur qui couvraient mon front. Sa proximité rassurante, la délicatesse de ses gestes, la douceur naturelle de son expression m'encouragèrent à parler le premier :

– Je crains la nuit, Isabelle. Depuis des semaines je n'ai plus le repos. Je voudrais dormir mais je ne peux pas. Je sais que vous avez remarqué l'affiche. Je sais aussi que vous ne voulez pas me parler d'elle.

Elle ne dit rien et hocha légèrement la tête, puis fermant les yeux, elle m'invita à poursuivre.

– Cette affiche a chamboulé ma vie, Isabelle. Je ne pourrais pas vous expliquer comment j'en suis arrivé là. Je ne quitte plus cette femme de vue, je lui parle, je lui écris, je vis...

Les sanglots engloutirent ma voix.

– C'était pour elle les lettres dont vous me parliez ? C'était à elle qu'elles étaient destinées ?

Elle m'avait questionné d'une voix apaisante et chaude afin de me permettre d'échapper à l'étreinte de l'émotion qui me submergeait. Elle me fixait sans lâcher ni mon regard ni mon épaule, forçant toutes mes résistances. Elle continua :

– Comment pouvez-vous imaginer aimer une chimère ? Les femmes sont charnelles, savez-vous. Ce sont des êtres charnels qui s'offrent ou se refusent, c'est selon, mais qui ne peuvent se résumer à une simple image. Cette affiche n'est que le miroir de votre impatience et de vos espérances. L'impatience de retrouver une relation, et vos espérances de partage. Son seul mérite est de vous le révéler à vous-même. Cette affiche est tout sauf un être qui palpite.

Persuadé qu'Isabelle se trompait et tentait de me faire partager son erreur pour des raisons obscures, je lui en voulais de me subvertir. J'en avais pour preuve que si je n'avais pas capté son attention, suscité un intérêt, pourquoi m'aurait-elle suivi dans l'escalier, accompagné dans tous les déplacements entre la cuisine et le bureau, et pleuré ce jour de pluie sur mon infortune ? Si je me trouvais à hauteur de son regard pour qu'aucun détail de ma vie ne lui échappe, que penser de l'obstination que j'ai perçue dès le premier jour à me guider vers elle ?

À moins que ce ne soit la prémonition de l'abandon qui m'irritait contre Isabelle pour trouver très rapidement un refuge éloigné des maltraitances et des désillusions, un monde fait tout entier d'une altérité bienveillante et résiliente. Isabelle me confirma son départ sous le prétexte d'une rencontre amoureuse dont je ne me souciais déjà plus tant il me fallait me retrouver seul face à elle, l'autre, celle qui m'avait fait goûter la douleur de l'asservissement et la plénitude de l'abstinence. J'avais rêvé d'une vie de ribaud et je devais me satisfaire de celle d'un mystique, pourtant je n'en souffrais pas. Depuis ma relation avec la bibliothécaire, les femmes s'étaient absentées de ma chair, elles avaient déserté depuis si longtemps le creux de la main qui caresse, le souffle qui les réchauffe, le ventre qui les pousse.

La toilette terminée, je tendis la main à Isabelle afin de la remercier de sa sollicitude et de ses soins. Alors que je tentais de dégager ma main de la sienne elle s'approcha et me baisa les joues avec une insistance ponctuée par deux petits bruits secs, puis sans se soucier de mon trouble elle me dit :

–Je vous remercie pour les moments que j'ai passés avec vous. Sans le savoir, vous m'avez sans doute apporté plus que moi je ne vous ai apporté, grâce bien souvent à l'éclairage si singulier que vous mettez sur les choses et les êtres. Je suis sortie plus d'une fois de chez vous avec le cœur léger alors que j'y étais entrée avec l'esprit chagrin. J'ai aussi appris autre chose avec vous. Comment vous dire cela ? Avec vous, j'ai appris à ne plus ressentir. De gêne. De réticence face à un gros. Je sais que je peux être sincère avec vous, je sais que vous pouvez entendre ce que je dis. Vous savez, avant de vous rencontrer je n'imaginais pas pouvoir toucher sans répulsion un corps si gros. Je sais que vous ne m'en voudrez pas de vous parler ainsi, je sais que vous ne vous offenserez pas de mon propos. Je vous remercie infiniment pour ça. Maintenant ne rougissez pas comme un enfant de chœur sous les compliments. Prenez soin de vous, Aimé, et sachez être heureux, vous le méritez.

Elle avait les yeux embués de larmes et elle les essuya d'un revers de manche, puis elle rangea ses affaires pour la dernière fois. Je n'eus pas l'audace de lui demander ce qu'elle comptait faire. Elle me tourna le dos en direction de la porte d'entrée en levant très haut son bras pour agiter sa main sans se retourner. La porte claqua sur ma solitude.

IX

Trois jours s'étaient écoulés depuis le départ d'Isabelle, j'avais décommandé sa remplaçante en prétextant un court voyage, promettant de la rappeler dès mon retour. Je m'arrangeais tant bien que mal pour faire seul ma toilette, les contorsions se multipliaient pour un résultat très incertain, qu'importaient les mauvaises odeurs puisqu'elles ne pouvaient indisposer que moi. J'avais reçu deux appels téléphoniques de ma mère, l'un pour m'inviter à déjeuner, le second pour me décommander sous le prétexte d'une sortie qu'elle aurait oubliée. Avouerais-je que le contretemps ne me déplaisait pas, imaginer un énième déjeuner en tête à tête avec elle ne me ravissait pas. Entendre la litanie des insignifiances du voisinage, la petite malveillance élevée au rang d'une liturgie pour finir par aller se joindre à la file dominicale des repentants en prière afin de laver leur mécréance, tout ceci me lève le cœur. Sur le tard ma mère s'est prise d'esprit de religion – une vilaine et dérisoire grimace de l'inconscient à l'angoisse de mort. La charité de ma mère consiste à distribuer des produits alimentaires qui lui coûtent peu, ce qui constitue pour elle-même une impropriété rédhibitoire à la consommation, tout en étant persuadée que ses pauvres s'en régaleront. Elle dorlote sa conscience avec de minuscules sacrifices et espère acheter ainsi l'indulgence d'un Très-Haut pour un ennui d'éternité.

Il me fallut deux jours pour trier et choisir les photographies de mon père. Leur nombre était impressionnant et j'ignorais que ma mère en possédait autant. Je profitai de la livraison pour dire à Olga que je devais m'absenter sans pouvoir lui préciser la date de mon retour, mais qu'il était évident que je la rémunérerais durant ce temps afin de ne pas la léser. Elle ne fit aucun commentaire sur mes intentions, mais je perçus à son sourire qu'elle n'était pas dupe de mon mensonge. Que m'importait que je fusse cru ou non, il me fallait, dicté par la nécessité, consacrer tout mon temps à celle qui questionnait jour et nuit l'être de peu que je suis.

À la lumière de mes souvenirs d'enfance, j'entrepris de classer les photographies dans un ordre chronologique. Le classement se trouvait retardé par les atermoiements que m'imposait ma mémoire défaillante pour reconstruire à partir des bribes qui me restaient tantôt un événement, tantôt un lieu. Ce travail minutieux et hésitant me prit à nouveau deux journées pleines. Pour ce faire j'avais étalé l'ensemble des photographies dans toutes les pièces, sur les tables, chaises, lit et bureau, et je parcourus l'appartement afin de reconstituer les histoires de mon père, de ma mère avec lui, et de l'enfant que j'étais à l'aide des clichés éparpillés sur le mobilier. Dans un esprit d'arbitraire j'avais déterminé que les plus proches de ma naissance devaient être disposés dans la cuisine – l'oralité étant la source de ma vie et de mes maux –, puis à mesure de la chronologie je les installai au salon qui me tenait lieu de bureau et finis dans la chambre à coucher pour les photographies les plus proches de sa mort. Je fis disparaître toute présence de ma mère à ses côtés en découpant soigneusement ses silhouettes et ses visages. J'hésitai à me sacrifier de la même façon pour ne faire subsister que son image allégée du poids symbolique de sa famille, lui permettre de revivre libre et séparé des êtres qui ont encombré son existence.

Au risque de chuter, je m'aidai de l'escabeau pour fixer sur le mur de la fenêtre du bureau qui faisait face à l'affiche les clichés que j'avais sélectionnés. L'entreprise était rendue périlleuse par les difficultés d'équilibre que je rencontrais, et je dus plus d'une fois à la chance de ne pas m'affaler tant il m'était malaisé d'atteindre sans péril le haut du mur. La tâche se simplifia dès lors que je me trouvai à hauteur d'homme. Il me fallut encore un surcroît d'énergie lorsque j'atteignis le bas du panneau, les flexions prolongées du buste contribuaient à bloquer ma respiration et à m'étouffer sans délai. De ce fait, je fus contraint d'observer de nombreuses pauses afin de recouvrer chaque fois un peu des forces qui s'enfuyaient à mesure que je me penchais. Je l'avais placardé pour un ultime affrontement, débarrassé de la présence conjointe de ma mère comme d'une scorie, il ne restait que le père face au fils. Elle, en retrait comme pour m'encourager, ne me quittait pas du regard. Je m'étais libéré de ma culpabilité de n'avoir pu être le seul motif qui l'aurait convaincu de vivre. Bien qu'épuisé, c'est à ce terme que j'entrepris de lui écrire.

Chère Velata,

Je crains que notre rencontre ne vienne à son terme. Surseoir à jamais au plaisir de votre présence, surseoir à jamais à l'attention que vous me témoignez, surseoir à jamais aux confidences dont je vous fais dépositaire, renoncer aux attraits sensuels de votre corps splendide, voilà pourquoi je crains que notre rencontre ne vienne à son terme.

Vous êtes le cœur d'une constellation de photographies de mon père épinglées sur le mur. Tel l'entomologiste qui aligne les cadavres de sa collection d'insectes, j'ai fait de même avec les innombrables copies du visage et du corps de mon père. La tapisserie ainsi constituée vous tient lieu de cadre et pour m'assurer la pleine jouissance de votre visage j'ai supprimé les deux vantaux de la fenêtre qui, par ses croisillons, obturait en partie l'ensemble de l'affiche. Certes le froid a eu tôt fait de s'introduire dans la pièce pour venir me glacer les os, mais le bénéfice de la scène m'a bien vite consolé du désagrément corporel que je dois endurer. Réunis l'un et l'autre dans un pêle-mêle dont je me suis exclu, vous constituez la quintessence de ce que j'avais espéré qu'il m'arrivât : me trouver à la croisée de deux amours, le premier paternel sans préjugé ni retenue, le second charnel et complice.

Depuis la rencontre avec la bibliothécaire, j'ai réussi à contraindre la violence du besoin. De quoi faire accroire qu'une vie insignifiante peut par immodestie trouver sa justification dans la discipline du renoncement. Je mène ma vie et sa charge comme le firent en leur temps les rouliers, sans regrets du lieu que l'on quitte, sans autre espérance que la survie pour le lieu que l'on rejoint, une existence au pas du charretier, lent et régulier, pris dans la glaise, sans distraction pour le ciel. Il a fallu que vous surgissiez pour mettre à mal ce contre quoi je me prémunissais jour après nuit et nuit après jour. Je ne vous en fais pas grief, il tenait à moi de me protéger contre la menace que pouvait constituer toute intrusion de femme dans un univers dont les bornes garantissaient à son locataire, sinon la paix, du moins une relative platitude des émotions. Climat propice à l'extinction de mes feux le jour venu, sans angoisse et sans nostalgie. En compensation, je dois vous avouer combien je goûte qu'il n'en ait pas été ainsi, j'attendais secrètement le cataclysme qui emporterait sans coup férir les fortifications élevées avec patience mais douleurs.

Depuis le départ d'Isabelle, que vous n'avez pas manqué d'apercevoir, j'ai refusé d'accueillir l'infirmière qui lui succède de crainte de ne pouvoir à nouveau me livrer au rituel de la toilette, me laisser toucher, laver, frotter, essuyer par des mains étrangères, des mains fonctionnelles qui seraient incapables de faire vibrer la luxuriance de mes chairs comme le faisaient si habilement celles d'Isabelle. Elle seule était capable de me réconcilier avec les disgrâces de mon corps. J'espère que vous me pardonnerez cette facilité de langage si par dérision je me plais à vous dire que je souffre du complexe « d'Adipe », sorte de lien incestueux que mes rondeurs extravagantes entretenaient avec elle comme avec une mère ou bien une sœur attentive, aimante et indulgente.

Bientôt il ne me restera que les livres. Ils encombrent mon appartement sans souci de classement ou d'alignement, ils reposent au bonheur de l'instant où je m'en suis défait. Les chers gisants m'accompagnent en silence depuis bien longtemps. Vers sept ans, l'âge où je quittais la raison pour celui de la niaiserie, j'ai commencé à les manipuler ; à l'abri des regards j'en sortais un au hasard pour le feuilleter, le contenu était inaccessible mais je déchiffrais quelques mots pour ma plus grande satisfaction, puis je replaçais le livre à l'endroit où je l'avais pris, fier de mon premier larcin culturel.

Ma première gourmandise d'enfant fut une histoire de l'armée allemande dont l'épaisseur de l'ouvrage et le blason ostentatoire de la croix de fer qui frappait la couverture avaient dû exciter mon imagination juvénile. J'ai ânonné, le doigt rivé sous la ligne, comme des générations d'apprentis lecteurs dont l'œil reste fixé sur l'extrémité de l'ongle directeur. J'ai fait preuve d'une obstination ridicule à vouloir finir ce livre dont j'imagine aujourd'hui que même un lecteur adulte lui aurait trouvé moins de fantaisie que La Critique de la raison pure.

J'ai gardé de cette première expérience un goût prononcé pour les ouvrages épais, ceux que l'on promène avec difficulté dans les transports, inadaptés au format des poches ou des sacs.

Enfant, avez-vous eu un objet de prédilection, peut-être trop unique pour satisfaire les appétits sans mesure de cet âge ? Je vous imagine, tout comme moi, chercher dans les profondeurs encore insouciantes de votre âme le plaisir et les joies d'un monde à déchiffrer et à conquérir. Pour cette aventure très incertaine nous prenons soin de nous faire accompagner, en ce qui me concerne j'ai choisi les livres, et vous, qui furent vos compagnons de voyage ?

À l'aube de votre départ, je cherche à me divertir de l'émotion qui me saisit, la dérobade n'apaise en rien l'étreinte brûlante de la solitude définitive qui s'annonce. Je suis condamné à vous regarder partir. Quand ? Je ne sais, l'incertitude sera ma dernière confidente des plaies que vous m'aurez infligées, malgré vous, par votre seule présence et ce qu'elle aura fait naître.

Je voudrais me noyer dans les larmes que j'ai imaginé verser au creux de votre main, et y trouver à jamais un sommeil sans menace.

À jamais et pour toujours.

Votre Aimé

Après avoir clos l'enveloppe, je me suis approché de la fenêtre pour la plaquer contre le carreau, je la maintenais avec mon ventre, était-ce tout mon être que j'avais voulu lui adresser dans la dernière lettre que je lui écrivais et qui ainsi inscrite sur mon corps tenait lieu de timbre ? Son regard fuirait-il le mien pour la première fois depuis des semaines pour privilégier ce rectangle blanc qui lui était destiné ? Baisserait-elle les yeux pour m'abandonner ? Tendu, je ne lâchais pas son visage – ne m'oublie pas, ne m'oublie pas, me répétais-je, ne fuis pas au moment où j'ai tant besoin d'être accompagné – tandis que mon ventre s'ébranlait au rythme des sanglots qui montaient dans la gorge.

Je quittai la pièce brusquement, enfilai un imperméable et sortis pour me rendre à la boîte aux lettres. Mes genoux me faisaient un mal de chien, j'imaginai qu'ils pouvaient rompre sous la charge. Le jeu de la minuterie me plongeait régulièrement dans la pénombre de l'escalier et je percevais d'autant mieux le souffle court et rauque qui cadençait la descente. La douleur, l'essoufflement, la sueur qui commençait à m'inonder se liguaient en vain pour me faire renoncer ; descendre, descendre encore, puis avancer, avancer d'un porche à celui de l'immeuble voisin en tentant d'oublier la morsure qui saisissait mes genoux, reprendre le chemin de la boîte aux lettres ; un pas, puis un autre, ne pas lâcher, ne pas céder, ne pas faire demi-tour, ne pas solliciter d'aide. Je surprenais l'inquiétude ou la surprise dans le coup d'œil fugace des passants qui accéléraient le pas comme pour fuir à la hâte un lieu nauséabond. Je les remerciais intérieurement de leur lâche indifférence, je n'aspirais qu'à être seul avec et pour elle, et aller au bout de ce qui m'avait amené à sortir. Les lampadaires, le mobilier urbain pourvu qu'il soit haut, les murs, tout ce qui contribuait à soulager ma progression était le bienvenu. C'est à ce prix que je réussis à rejoindre la boîte et y glisser ma lettre. Le retour me prit deux fois plus de temps, les efforts déployés à l'aller avaient usé d'autant le peu de résistance que je possédais, chaque pas me portait au bord du malaise, le cœur frappait sauvagement dans le thorax, des coups puissants et sourds qui résonnaient jusque dans mes tempes. La montée des escaliers tint du chemin de croix, je multipliai les stations dans l'espoir de recouvrer un brin de respiration, cramponné à la rampe j'exerçais des tractions répétées afin de franchir un à un les degrés jusqu'au palier de l'appartement. J'avoue que j'ai refusé le concours de plusieurs voisins qui se proposaient de m'aider, en les remerciant et en minimisant ma gêne. Je voulais accomplir pour elle ce déplacement avec comme seul soutien la présence de son image, elle et moi sans assistance pour cette ultime promenade.

À peine eus-je franchi la porte que je me précipitai vers la chambre pour m'effondrer sur le lit. L'air me faisait défaut, je le tétais par une succion précipitée mais peu secourable. La poitrine diffusait un feu qui semblait ne pas pouvoir cesser, je voisinais la syncope sans pouvoir m'y opposer. Je perdis connaissance.

Le lendemain matin j'étais bien décidé à lui tenir compagnie. J'ai une nouvelle fois traîné ma chaise pour l'installer près de la fenêtre. De cet observatoire j'étais assuré de ne rien perdre des derniers instants de notre rencontre. Plusieurs jours se passèrent ainsi, le matin après un semblant de toilette je prenais ma position de scrutateur pour ne l'abandonner qu'au soir. Il m'arrivait de lui parler ou de faire la lecture à haute voix ; je me distrayais de temps en temps de mon livre pour la contempler sans autre motif que de laisser l'impression la plus durable possible sur la rétine. Afin de m'assurer de la qualité de l'image, je fermais les yeux pour la voir se projeter sur mes paupières closes.

Cela faisait quatre ou cinq jours que je prenais mes quartiers de vigie lorsqu'en fin de matinée une camionnette stationna au pied du mur de pignon. L'échelle couchée sur la galerie me signifiait que le jour était venu. Je fus saisi d'agitation, je me levai pour me rendre à la cuisine, renonçai, retournai dans le bureau sans me résoudre à m'asseoir, je virais au gré de la girouette de ma fébrilité ; qu'allait-on lui faire, par quelle main de bandit allait-elle être déchirée ?

Une fois l'échelle plaquée contre le panneau, un homme en cotte blanche s'assura du pied qu'il avait donné à celle-ci, puis, après avoir testé une dernière fois l'équilibre de son installation, il en débuta l'ascension. Sur sa hanche droite pendait en balancier un étui de cuir fauve dans lequel je pouvais apercevoir les lames brillantes des couteaux. Avant de monter il avait pris soin d'interdire l'accès du trottoir en positionnant des cônes rouge vif de part et d'autre de ce que je considérais être un échafaud.

L'homme se cala sur les derniers barreaux, sortit une spatule à décoller et, d'un geste précis et rapide, fit sauter un large lambeau en déchirant sa jambe jusqu'à la naissance de la cuisse. Son regard resta fixe, plongé dans le mien, sa souffrance devenait la mienne. Je vis le couteau glisser jusqu'à la ceinture et prendre le chemin du bras gauche qui vacilla aussitôt en s'arrachant de la main qui tenait encore la barre de chocolat, présentation gourmande devenue dérisoire et macabre. De larges copeaux portés par le vent d'automne s'affalaient mollement alentour de la camionnette sous les coups de l'homme qui esquintait ce qui me restait d'elle. Il nettoya soigneusement la partie inférieure du panneau avant de redescendre de l'échelle.

Elle était affreusement mutilée. Ses multiples blessures m'impressionnaient d'autant qu'elles étaient blanches, pas une goutte de sang ne perlait des vastes brèches que son corps avait concédées à l'arme acérée de son exécuteur. Oserais-je avouer que je me régalais de son visage impavide et bouleversant ? Ne m'avait-elle pas désigné dès le premier jour pour l'accompagner dans cet ultime voyage comme elle l'avait fait pour moi dans l'escalier ?

Le vent avait forci et l'homme rencontrait des difficultés pour allonger son échelle dans le but d'atteindre la partie supérieure du panneau publicitaire. Quelques feuilles humides venaient se plaquer sur les vitres du bureau, sans trouver le repos elles étaient chassées aussitôt par une autre rafale. Après s'être assuré une nouvelle fois de sa sécurité, il entreprit une seconde montée. Arrivé au sommet, d'un geste circulaire, ample mais précis, il tailla la poitrine et l'épaule puis glissa vers le centre du panneau, de sorte qu'il épargna la racine du cou. La tête restait comme suspendue, prête à tomber sous les derniers assauts de son bourreau. Je n'eus pas le temps de réagir que déjà le couteau lui avait déchiré la joue en une large tranche, avant d'emporter les yeux, le front et le reste de sa chevelure. Un morceau de son visage voleta jusqu'à la barre d'appui de la fenêtre, son œil plongea une dernière fois dans mon regard avant d'être porté au loin.

Le panneau avait retrouvé l'aspect que je lui avais toujours connu.

Chère Velata perdue,

Les événements ne permettront pas que cette dernière lettre vous parvienne, toutefois je souhaite vous confier ce qui me hante et dont je choisis de vous faire l'aveu : je crois que j'ai peur de maigrir. L'expression excessive et débordante de ma chair me protège. Elle témoigne de mes traumatismes anciens, elle se donne à voir. Elle a une fonction de leurre, elle subjugue et occupe toute la scène pour occulter mes fêlures et ma part d'ombre. Je ne reconnais plus les contours de mon corps, il s'évanouit sans contrainte de limites dans l'espace qui m'entoure, je deviens fluide.

Jamais je ne m'étais autorisé à dire ce tourment, même pas au professeur de Baillancourt qui pourtant me témoigne une empathie sans réserve. Vous seule étiez susceptible de comprendre la peur qui m'étreint mais vous ne l'entendrez pas.

Définitivement votre Aimé

Je ne posterai jamais cette lettre, je l'ai fermée et posée en évidence sur la desserte de l'entrée.

Il me restait à clore les volets de l'appartement, en évitant avec soin de m'attarder sur le panneau publicitaire réduit à un œil cyclopéen avant qu'une taie grise et sale ne le prive pour toujours de ce qui fut le plus délicieux de mes univers. Afin de ne pas risquer de tomber, je ne fermais habituellement jamais les persiennes, l'obligation qui m'était faite d'aller, à bout de bras, chercher les vantaux l'un après l'autre me mit plusieurs fois en danger de basculer. Le chagrin de son départ n'apaisa pas ma colère, de sorte que je trouvai l'énergie de bouger et de plonger avec méthode le bureau, la cuisine et la chambre dans l'obscurité. Je portais le deuil d'une femme qui, jusqu'à encore récemment, m'avait écouté comme personne auparavant, aidé à porter le poids de ma souffrance, de ma peur et de ma honte de ne pas être comme tous les autres.

La lumière visitait avec parcimonie ma prison à la faveur des interstices, elle me permit de me rendre dans la cuisine sans trébucher, tout comme elle je m'employais à disparaître. Je fis avec fièvre l'inventaire des placards et du réfrigérateur pour disposer sur la table un grand nombre d'aliments que j'ingurgitai jusqu'à ce que la tension du ventre, la nausée et la douleur qui inondait mon abdomen me fassent cesser de me remplir, et je perdis connaissance.

Épilogue

JE VIENS DE PARCOURIR SANS SUCCÈS le chemin qui devait me conduire de la mutité des sens à l'immobilité définitive de ma chair tombale. La mort indifférente a méprisé ma détresse.

De retour chez moi après deux mois d'hospitalisation dans le service du professeur de Baillancourt. Je me sens encore faible, mes mouvements me coûtent un surcroît de fatigue, et je les exécute avec une lenteur emphatique. Réinvestir un lieu qu'il y a peu de temps vous souhaitiez quitter impose de porter un regard nouveau mais aussi attendri sur tous les objets qui l'encombrent ; il devient un ailleurs familier.

Ma mère avait fait en sorte qu'Olga passe le matin de mon retour, si bien que j'ai trouvé l'appartement rangé et d'une propreté excessive, mais je ne lui en ai pas fait reproche. Durant le séjour, par les bons soins du personnel, j'ai maigri ; certes dans des proportions limitées mais encourageantes selon Baillancourt. Avais-je le choix de renoncer à un amaigrissement susceptible de me permettre une plus grande autonomie ?

Le psychiatre – grand prescripteur de dragées pour ma santé – n'a pas manqué d'insister sur le recouvrement de mes aptitudes à descendre et monter les escaliers qui me séparaient si sûrement du reste du monde. J'avoue qu'il ne m'a pas convaincu des bienfaits de la perte de poids sur ma réconciliation avec le monde, lequel n'avait pas fait d'effort pour me visiter lorsque j'étais reclus, signe que nous n'avons pas beaucoup de choses à nous dire.

Avec sa gentillesse coutumière, Olga avait déposé sur la table de la cuisine un petit paquet dont l'entour de papier dressé en pyramide trahissait d'emblée le secret qu'il abritait : un gâteau. Je m'étais efforcé de ne plus en consommer durant l'hospitalisation bien qu'ils me fussent permis. Nous sommes légion à exiger de nous ce que personne ne nous impose, à émailler ainsi notre vie de petites fatuités au seul bénéfice du sentiment d'importance.

Depuis des mois, je me suis enfoncé jusqu'à brûler le tréfonds de mon être, jusqu'à devenir un familier de la mort. Dois-je à l'absence de peur de notre promiscuité ma survie d'aujourd'hui ? Quel ravissement enfantin de constater que je devrais au glissement en bouche d'une religieuse au chocolat la première célébration de mon retour chez moi. En aucun cas je n'imagine que le petit chapiteau de papier dressé sur la table puisse héberger autre chose qu'une religieuse au chocolat. D'ailleurs ne convient-il pas que ma résurrection se fasse au prix du sacrifice corporel d'une de ses servantes ?

La salle d'attente était encore vide tandis que j'attendais de passer en consultation. Alors que je gagnais ma place, il y flottait encore une odeur de détergent citronné si commune à l'hygiène des espaces publics. Je m'étais présenté très en avance et j'avais tout loisir de m'intéresser aux allées et venues du personnel et des patients. Il entra, je reconnus son pas glissé. Sa maigreur était effrayante. Lui et moi étions rendus aux extrémités morbides du corps, lui dans la combustion, moi dans la profusion.

Avec une précaution infinie, il parcourut les quelques mètres qui le séparaient de la place où je l'avais aperçu la première fois. Une femme jeune le soutenait, je crus que c'était elle, je voulus croire que c'était elle, la même élégance souveraine, la chevelure plus sage que sur l'affiche, tirée et nouée en un chignon sauvage qui rehaussait l'éclat d'un visage si familier, les mains, libres de la barre chocolatée, trouvaient à merveille les avant-bras de l'homme pour prévenir la chute.

De quelle nature était leur lien ?

Elle déployait autour du vieil homme la sollicitude d'une fille pour un père. Il s'ombiliquait dans son propre corps tant il ployait sous le joug de la mort qui l'avait désigné. Elle donnait à croire qu'elle ignorait l'issue trop certaine de cette distinction fatale. Je cherchai en vain à capter son regard. Reprendre ne serait-ce qu'un instant le dialogue qui avait infléchi le cours de mon existence. De nos nuits absorbées l'un par l'autre, de mes pas secourus par elle, du renoncement à l'enfermement dans ma différence, j'ai surgi abîmé mais vivant. Lorsque, à l'appel de mon nom, je me levai pour gagner le cabinet de consultation du professeur de Baillancourt, je savais que la femme fixait mon dos tandis que la porte se refermait sur moi.

Nous remercions l'AFD (Association française des diabétiques) pour son appui à la diffusion de cet ouvrage.

Mis en pages par DV Arts Graphiques à Chartres
Imprimé en France par la Société Nouvelle Firmin-Didot
Dépôt légal : février 2007
N° d'édition : 833 – N° d'impression : 83148
ISBN 978-2-74910-833-9